I0837321

LA SOCIÉTÉ

AU

DIX-NEUVIÈME SIÈCLE.

IMPRIMERIE DE L.-É. HERHAN
rue du Colombier, N°. 21.

La Société

AU

DIX-NEUVIÈME SIECLE,

OU

SOUVENIRS ÉPISTOLAIRES.

PAR Mlle DE COLIGNY,

AUTEUR DE PLUSIEURS OUVRAGES.

Tome Premier.

PARIS.

CHEZ LES MARCHANDS DE NOUVEAUTÉS

1825.

AVERTISSEMENT.

La Société est un miroir à facettes où chacun voit les objets selon le point où il se trouve placé. Les tableaux se multiplient à l'infini et offrent autant de sujets divers qu'il y a d'individus qui les composent. On peut en retracer la peinture sans être copiste ni plagiaire... Chaque siècle colore ses esquisses de la nuance qui lui est propre, et, quoique la Société soit la même dans tous les temps, son ton et ses usages varient avec les époques.

La politique, comme un prisme, reflette ses teintes sur tous les esprits. Ce travers manquait à la galerie des ridicules signalés par nos peintres de mœurs; les passions se combinent d'après les circonstances qui les excitent : la morale peut toujours dévoiler leurs excès et s'efforcer d'y mettre un frein en en démontrant les suites funestes. Le champ des vices et des abus est vaste ; l'ambition et l'égoïsme le fertilisent. Puisse, ma plume peu exercée, y tracer un sillon où la vérité serve de guide à la raison.

La Société

AU

DIX-NEUVIÈME SIÈCLE

OU

Souvenirs Epistolaires.

PREMIERE LETTRE

LES REGRETS.

Metz, ce. . . 18n4

Il est donc vrai, Hedwige, une distance énorme nous sépare déjà, j'ai dit adieu à l'asile hospitalier que votre amitié avait daigné m'offrir;

ramenée de nouveau sur la scène tumultueuse d'un monde que j'ai appris à détester, mon âme ne jouira plus de ce calme enchanteur qui accompagnait de tranquilles plaisirs; douces réunions où l'esprit et le cœur rivalisaient sans jalousie, je ne vous retrouverai peut-être jamais, et le sentiment de bonheur que vous m'avez fait éprouver pendant ces heures trop tôt fugitives, n'existera plus que dans mon souvenir. Ainsi, semblable au voyageur qui après avoir traversé la vallée délicieuse, se retrouve ensuite avec effroi au milieu d'un paysage aride et sauvage, sans pouvoir distinguer le sentier qui lui reste à parcourir, de même, hélas! je sonde avec crainte les événemens , et ma pensée errante et consternée me livre à cette espèce d'apathie morale qui décourage et anéantit nos facultés.

Ne me demandezpas, mon amie, ce que je fais , ce que je suis, je me devine à peine, et je ne pourrais l'expliquer ; C'est en soupirant que j'ai salué les dernières limites de l'Allemagne : combattue par la douleur de quitter ce lieu de repos et l'amour national qui tel qu'une grande image survit au temps et aux malheurs, je laisse flotter au hazard mes tristes souvenirs , attendant que la réflexion agisse assez sur moi, pour qu'il me soit permis de songer à autre chose qu'à mes regrets.

Cependant rassurez-vous, Hedwige, j'ai promis de vous instruire de tout ce qui m'occupera loin de vous; fidèle à cet engagement, je le remplirai avec exactitude, d'ailleurs incertaine sur l'époque où il me sera permis de vous revoir, vous écrire peut seul tromper mes ennuis; la pensée, cette messagère de l'amour et de l'amitié, offre du moins une réunion idéale que le cœur saisit avec délices et je ne veux pas renoncer au seul bien qu'il m'est encore permis de conserver.

IIe LETTRE.

LE VIEUX CHATEAU.

Chantilly, ce

Hedwige, le temps fuit, les heures s'écoulent sans consoler mon pauvre cœur; je regrette les jours paisibles que je passais près de vous, ma mémoire trop fidèle me rend présens les moindres détails, souvent absorbée par mes souvenirs, je crois être encore à Honten, il me semble voir l'antique Castel qui fut le berceau de votre enfance, et le témoin de votre bonheur, je parcours en idée ce parc immense qui nous a vues si souvent folâtrer sous ses bosquets qu'un demi-jour ose à peine éclairer; tantôt contemplant ces arbres majestueux que des siècles ont vu s'élever en dépit des noirs aquilons et du souffle dévastateur des orages, je laisse flotter mon esprit dans un idéal infini; quelques fois aussi, suivant les vastes distributions du château, je vois la fameuse galerie où sont déposés les portraits de vos illustres ancêtres, plusieurs je l'avoue font une assez laide grimace; mais l'amitié a l'heureux privilège de tout embellir, et je les trouve charmans; un air farouche devient à mes yeux une mâle dignité; les cuirasses, les juste-au-corps, les mîtres, les bonnets pointus et carrés, les paniers, etc., etc., reçoivent un tribut d'admiration; d'ailleurs, jeune encore je n'en suis pas moins de la vieille roche pour les sentimens, et de vieux portraits me causent une certaine sensation qui me dispose toujours à les vénérer.

J'arrive au salon, je suis près du grand fauteuil occupé par votre vénérable ayeul, je l'entends raconter ses hauts faits d'armes et dans son enthousiasme chevaleresque, nous faire parcourir toutes les annales germaniques, depuis le grand Othon jusqu'à nos jours, moins fertiles il est vrai en paladins illustres ; la tête farcie de tournois, de passe d'armes et de je ne sais combien de batailles, nous allons dans de bons lits rêver aux belles actions que plusieurs centaines d'années ont peut-être défigurées, n'importe, nous y retournerons.

Mais le vent s'est élevé, il lutte avec audace contre la colossale architecture qui nous protége, mugissant avec fureur à travers les feuillages agités, il pénétre jusques dans les vastes souterrains du manoir dont l'écho plaintif répercute douloureusement les lugubres soupirs; on croirait entendre, l'effrayante symphonie des habitans d'un autre monde associans de pauvres mortels à leur sabat ténébreux.

Cette idée du moins occupe une foule d'imbéciles valets; voyez les, le teint pâle et livide rouler des yeux hagards sur chaque pillier de la grande salle et inspecter avec effroi le moindre corridor par où il doivent passer, puis, rassemblés à l'office, se serrer les uns contre les autres, ainsi que des moutons a l'approche d'un loup sanguinaire, et Dieu sait, Hedwige, combien la peur présentera à leur esprit troublé de sinistres apparitions.

A quoi bon, cependant, discourir sur de grossières erreurs, la sottise fut toujours l'enveloppe de l'ignorance; l'exemple du passé nous à prouvé que chez le peuple, trop d'instruction est presqu'un fléau; laissons lui ses niaises frayeurs; assez souvent hélas! il a fait preuve d'une criminelle audace; désirons qu'il conserve long-temps encore le peu de simplicité qui chez lui a survécu à des époques tumultueuses et sans laquelle il foulerait aux pieds les lois les plus sacrées.

Nous qui n'avons pas la faiblesse de redouter l'interruption momentanée des lois de la nature, l'idée du mieux se présente à notre esprit avec plus de force au milieu de ces nuits pluvieuses, où chaudement enveloppés dans le moëlleux édredon, le sommeil appésantit peu à peu nos paupières, et nous laisse écouter la crise atmosphérique dont les effets impuissans viennent mourir près de nous. N'avez vous pas éprouvé, mon amie, que ce désordre des élémens est presqu'un charme de plus. Avec quelle paresse voluptueuse on s'abandonne alors à un doux repos ; ainsi dans le cours de la vie, nos jouissances se centuplent par la comparaison philosophique des maux dont nous sommes préservés.

Pour moi, mon amie, qui forcée de renoncer au doux charme de la solitude et de l'amitié, vais encore reparaître au milieu de ce tourbillon effrayant qu'on appèle société, combien de sombres idées assiègent mon esprit, si je ne me disais pas à chaque instant du jour, au-delà des frontières on s'occupe de toi, on partage tes douleurs, on desire ton retour, peut-être n'aurais-je pas la force de m'éloigner de tout ce que j'aime.

Encore quelques heures Hedwige, et je serai à Paris........ Ce mot entraine avec lui je ne sais quoi de magique, cependant, si j'analyse bien mes émotions, au fond de mon âme, une vague tristesse l'emporte sur les riantes pensées qui voudraient me charmer.

—

IIIe LETTRE.

Paris, ce

Paris.

Hedwige, j'ai revu cette immense Capitale où sont confondus les vertus et les vices, où le mérite comprimé, étouffé, essaie en vain de sortir d'une obscurité qui le laisse inutile, tandis que l'intrigue adroite, serpentant avec souplesse dans l'inextricable labyrinthe des chances politiques, arrive au but qu'elle s'était proposé, et rassasiée de faveurs, entourée de la pompe fastueuse qui séduit, la multitude lève un front audacieux, et déploie avec orgueil son ignominieuse importance.

Hélas, il n'est que trop vrai! Ici, l'homme vertueux accablé de mépris, abreuvé de douleurs, voit ses jours se dérouler tristement, et leur succession fatale l'entraîner vers la tombe à travers toutes les humiliations.

Que cette vérité est accablante! combien elle flétrit le cœur et décourage la vertu! mais le spectacle imposant d'une opulente cité laisse à peine réfléchir sur les sombres nuances qui l'entourent; on est étonné, ravi, et l'imagination, comme un prisme enchanteur, captive la pensée toute entière.

Vous ne pouvez pas, mon amie, vous faire une idée de la population que renferme Paris; elle a doublé, triplé, quadruplé. De quelque côté que l'on porte ses pas, on se trouve au milieu d'une foule immense : toutes les rues, toutes les places sont obstruées; l'agitation est générale, chacun veut dépasser celui que le hasard fait marcher devant lui; on se froisse, on se pousse, et cette inconcevable agilité s'appelle vaquer à ses affaires.

On supporterait encore ce cahos si des embarras beaucoup plus dangereux n'atteignaient les modestes piétons; mais quand on sort de chez soi il est de toute nécessité de de faire son testament et de recommander son âme à Dieu ; la sûreté se trouve continuellement menacée par une quantité si prodigieuse d'équipages, charrettes, tombereaux, etc., qu'il faut être prédestiné pour échapper à la mort que paraissent traîner après elles ces machines roulantes ; les rues sont étroites, et réfugiés ou plutôt appliqués contre les maisons, vous n'êtes pas même en sûreté.

Ici, un cocher, tout fier de la brillante livrée qui couvre ses épaules, et du superbe attelage que ses mains guident, activant encore la fougue des coursiers, menace d'une prochaine destruction les malheureux qui circulent dans la ville.

Parvient-on à échapper à ce brutal, aussitôt un léger cabriolet que les airs semblent transporter, vous culbute, vous écrase, et s'enfuit avec une telle rapidité que, sans le spectacle affreux des victimes qu'il vient de mutiler, on douterait de son apparition.

Plus loin, vous vous trouvez arrêtés par deux grosses charrettes dont les roues amalgamées ensemble ne laissent plus prévoir l'instant où elles pourront se détacher, et rendre libre la voie publique.

Bientôt, dix, vingt, trente chars de différentes espèces barricadent les rues, et vous constituent prisonniers.

Les cochers s'entêtent, s'injurient ; aucun ne veut céder le pas. Tous au contraire avancent et doublent le tumulte ; les personnages à voitures, la tête à la portière, regardent d'un œil indifférent cet horrible embarras. Il n'en est pas ainsi de la foule attristée qui, ne pouvant ouvrir ses parapluies, reçoit une rafraîchissante rosée, et reste trois grands quarts-d'heure dans la plus gênante des positions.

Néanmoins, après des cris, des menaces, des bravades, las de se disputer inutilement, on s'aide un peu ; les charrettes sont détachées, et la file parvient à s'écouler. Alors les piétons bien mouillés, bien éclaboussés, recouvrent une liberté qui leur permet d'aller dans d'autres lieux courir les mêmes hasards.

Certes, mon amie, je ne connais pas de plus détestable profession à Paris que celle de fantassin. On dirait, en vérité, que la ville est exclusivement réservée aux voitures, et que tout ce qui n'a pas l'avantage de posséder ce superflu ne mérite aucune grace.

Du temps de nos bons aïeux, le luxe, moins répandu, n'offrait pas cette réunion effrayante d'équipages, et les rues se trouvaient suffisantes pour les paisibles habitans; mais à présent que l'étendue des divers quartiers, la surabondance des gens riches ont fait de la Capitale une vaste arène ? Comment se peut-il qu'on n'accorde pas une sûreté à la majorité de la population en élargissant assez les rues pour y ménager un espace protecteur ; ce seul moyen préviendrait les accidens qui se renouvellent chaque jour.

Cependant je remarque que dans les quartiers qui se construisent ou s'embellissent, on oublie complètement cet objet essentiel. J'en conclus de là, que l'on a écrasé, que l'on écrase, et que l'on écrasera toujours les misérables qui sont condamnés à aller à pied.

Croyez-moi, Hedwige, cette ville dont l'effrayante étendue est tant admirée, ne m'inspire que de pénibles réflexions. . . ; c'est avec chagrin que je lui vois subir une augmentation si peu raisonnable et dont le premier motif se rattache au malheureux système d'une centralisation désespérante, qui, en dépeuplant nos provinces, fait refluer vers Paris une foule d'individus chez qui l'ambition ou l'intérêt déterminent l'émigration. Le desir de s'élever active toutes les classes : les campagnes sont désertes ; la charrue demeure oisive. Tel cultivateur compte parmi ses fils jusqu'à deux étudians, qui, sans cesse forcés de lutter contre la misère, voient fuir les années avant de terminer des études dont un peu d'or leur eut applani la route fastidieuse.

D'autres, plus modestes ou plus sages, destinent leurs enfans à la culture des arts, ou à des professions lucratives. Mais que résulte-t-il de ces ridicules métamorphoses. Le médecin du jour, l'avoué en réputation, le sculpteur, le musicien, ou le peintre en vogue, humiliés de la simplicité rurale de leurs pauvres parens, bannissent avec soin leur souvenir importun. Le respect filial une fois étouffé, la conscience marche sans frein dans les sentiers d'une morale que l'erreur couvre de son ombre criminelle.

Qui peut, mon amie, sonder la mesure des maux que nous devons ressentir, quand, de toutes parts, je vois la fraude et le vice prospérer, quand un besoin de richesses tourmente un royaume entier, quand toutes les actions, toutes les pensées d'un peuple se rattachent à cette soif avide de l'or.

Mais je m'aperçois que je me laisse encore entraîner par le cours de mes réflexions. Moins persuadée de votre indulgence, je serai plus concise. Vous aimez, je le sais, Hedwige, ces écarts d'une imagination parfois exaltée; avec vous, j'ose penser tout haut et repousser cette gêne accablante que détermine l'indifférence, tandis qu'auprès des personnes avec qui mon âme reste muette, j'éprouve toujours une certaine paresse morale qui engourdit mes idées.

IVe LETTRE.

Paris, ce

LA NOBLESSE DE LA COUR.

Revenue à Paris après une longue absence, j'ai éprouvé, je l'avoue, mon amie, une surprise agréable causée par les divers embellissemens qui s'y sont opérés. Bientôt à cette extase a succédé le jugement de la froide raison, et ce qui avait enchanté mes yeux, dépouillé de son brillant coloris, m'a permis d'estimer avec impartialité la valeur éphémère de ces résultats d'un luxe pernicieux.

Portant le scalpel de l'observation sur les mœurs, et les usages de ma patrie, j'ai versé de douloureuses larmes. Nul accord dans les opinions morales et politiques; l'égoïsme au cœur de bronze siège partout; je le vois, à la Cour, à la ville, sous les lambris dorés, jusque dans le refuge du pauvre, donner le mouvement à des milliers d'agioteurs. Tandis qu'au milieu d'un groupe de courtisans, il décide leur conduite, règle leurs discours.

Car, les courtisans, Hedwige, sont, plus que le reste des mortels, stimulés par l'amour du *moi*. Ces hommes, étrangers à toutes les affections qui aggrandissent l'âme, rangés auprès du trône qu'ils assiégent avec persévérance, sont livrés à l'inquiétude convulsive qui suit l'insatiable ambition. Indomptables vautours, ils se disputent avec avidité les nombreux bienfaits que la bonté royale croit verser sur tout un peuple. Qui osera franchir la triple phalange de ces dévorateurs des graces du souverain? Celui qui le tenterait, trébucherait à chaque pas; abreuvé de mortifiantes défections, il verrait combien il est difficile d'atteindre une des chaînes de la faveur, et que cet apogée de la félicité est le partage exclusif d'une portion d'individus que toutes les révolutions possibles ne sauraient déplacer. Un trône est là, peu importe qui l'occupe! Meubles indispensables des palais, ils passent de succession en succession. Ainsi on les a vus, propriétés inamovibles, orner les salons des directeurs, des consuls, d'un empereur, et enfin du Roi légitime.

Vainement, mon amie, je croyais trouver parmi les débris d'une classe illustre, l'heureuse harmonie, l'accord parfait, le besoin si doux de s'aider, lorsqu'après avoir parcouru ensemble les chances épineuses de nos tourmentes nationales, quelques-uns ont remonté les échelons de la fortune; mais non, trente ans de malheurs n'ont corrigé personne. On est revenu imbu des mêmes défauts augmentés par une sécheresse d'âme encore plus prononcée. Je veux vous en faire juge, et vous pourrez appliquer cet exemple à une règle générale.

Vous m'avez souvent entendu parler du duc de***, un des hommes de la Cour, qui était le plus intimement lié avec mon père. En arrivant à Paris, ma première pensée s'est fixée sur lui; je ne doutais pas du zèle qu'il mettrait à m'offrir sa protection. Son influence est si bien connue!.. je ris de ma simplicité, chère Hedwige, je ne savais pas encore que l'ambitieux apporte tous ses soins à cumuler pour lui seul les résultats de la faveur, comme l'avare celui des dons de Plutus.

Lorsque je fus à l'hôtel *** j'appris du suisse que pour parvenir jusqu'à Monseigneur, je devais suivre la forme ministérielle, c'est-à-dire, demander une audience.

Etonnée d'une mesure qui fait déployer dans de petites circonstances un si ridicule apparat, que même l'amitié n'obtient point de distinction; je retournai chez moi me conformer à une étiquette devenue indispensable. Deux ou trois jours après je reçus de mon puissant ami, quelques lignes, à la troisième personne, qui me précisaient le jour et l'heure où je serais admise.

Devenue scrupuleuse par la nécessité que j'entrevoyais de suivre pied-à-pied les usages nouveaux, je me rendis chez le duc à l'heure désignée; on m'annonça; mais l'aiguille de la pendule termina sa marche circulaire avant que j'obtînsse l'honneur de la réception : enfin une porte s'ouvre, un laquais articule hautement mon nom, et me voilà en présence de sa *Grandeur*.

Un cérémonial si parfait m'avait communiqué je ne sais quelle gêne qui donna à ma figure une double teinte de roideur; vous savez, Hedwige, que ce n'est pas peu dire, avec les indifférens, j'ai un maudit air hautain qui est loin de me ménager des amis, toujours est-il que j'avais pris mon masque rembruni, plusieurs saluts de cour ne tendaient pas à déglacer mon cœur; figurez-vous, mon amie, un

> Pédant forcé dans son allure,
> Chez qui l'honneur tout fier d'un faux dehors
> N'est qu'une étude, un mystère de corps,
> Et dont la morgue en douceur convertie,
> Prend chez l'orgueil toute sa modestie.
>
> ÉPIT. VI. J.-B. R.

et vous aurez une juste idée du personnage qui pétrifiait à ce point mes esprits.

On me parla beaucoup de mon père, on déplora sa triste fin, on me fit des éloges, et mêlant ainsi le pompeux galimatias d'une sensiblerie de convenance, au style léger du boudoir, on m'écrasa sous le poids d'une fastueuse éloquence ; vinrent ensuite les protestations de zèle ; on était désolé, il est vrai, de ne pouvoir en montrer les effets, mais on n'avait aucun pouvoir, on s'était d'ailleurs imposé la loi de demeurer étranger et nul à tout ce qui se passait ; du reste on serait charmé que pendant mon séjour à Paris, je voulusse bien dérober quelques jours à mes distractions pour les passer à l'hôtel de ***, puis on termina ainsi : « Madame la duchesse est à » la campagne, je suis désolé de » cette circonstance, j'aurais eu » un plaisir infini à lui présenter » la charmante fille de mon ancien » ami ; mais elle revient sous peu, » et vous me permettrez, Madame, » de lui ménager cette agréable » surprise. »

Etourdie de ces bouffées d'encens dont j'appréciais la valeur, car en arrivant j'avais entendu transmettre, de valets en valets, des ordres qui dérivaient de la duchesse elle-même, je remerciai celui qui n'était plus à mes yeux qu'un véritable courtisan, lui laissant deviner le mépris qu'il m'inspirait, je déclinai ma visite, dégoûtée de tous les hommes que le bonheur rend indifférents aux tendres souvenirs de l'amitié, comme aux douleurs de ceux que l'infortune a courbés sous sa massue de fer.

Je vous épargnerai, Hedwige, la fastidieuse répétition des visites que j'ai faites à de vieilles connaissances long-temps aussi obscures que moi, mais devenues à présent les coryphées du pouvoir ; Ici des officiers généraux, là, des diplomates, plus loin, des comtesses, marquises ou baronnes, occupant des places à la cour, j'ai reçu de tous des politesses froides, des invitations inacceptables.

Si néanmoins l'amitié plaçant sur mes yeux son indulgent bandeau, j'ai poussé vis-à-vis de plusieurs l'illusion jusqu'à tenter une seconde et troisième entrevue, une consigne humiliante est venue détruire mes doutes, et me prouver que l'homme heureux se décide rarement à admettre près de lui ceux qu'il craint d'être au-moins par pudeur obligé de plaindre.

N'admirez-vous pas, mon amie, cet endurcissement général, est-il possible que ceux qui, rangés sous une même bannière, ont eu les mêmes infortunes à déplorer, que ceux enfin qu'une proscription fatale a forcés d'errer de contrées en contrées, unis par les doubles liens de l'opinion et du malheur, ne veuillent plus reconnaître leurs anciens frères d'armes, ou les tristes héritiers de ces victimes du sort. Le dirai-je, des noms illustres burinés par la gloire sont partout repoussés avec dédain, la noblesse elle-même, exécrable marâtre, déchire sans piété ses membres dispersés, il semble qu'alliée aux fureurs d'une horde barbare, elle cherche à écraser les faibles tiges que supporte encore son tronc renversé, ou plutôt on croirait que ne reconnaissant qu'une aristocratie numérique, ou de fraîche date, elle cache sous un fastueux orgueil la honte qui, malgré elle, s'empare de son cœur.

En effet, Hedwige, un peu d'amertume doit *in pecto* désenchanter sa fierté : je vois un comte épouser la fille d'un fournisseur sorti de la classe la plus abjecte; par cette alliance, l'adroit accapareur de richesses illicites fait partager son infamie au pur sang des *** ; un autre pour un million, vend ses titres et son nom, à l'héritière d'un chef de la bande noire. Le fils d'un pair de France devient, moyennant cinq ou six cent mille francs, le neveu d'un cordier de A*** ; tandis qu'un duc donne sans scrupule, l'ordre de transporter son cousin à l'hôpital, pour s'éviter l'embarras d'une maladie, et d'un convoi à payer.

Je n'en finirais pas, mon amie, si je récapitulais toutes les extravagantes infâmes que l'or détermine, on ne suit qu'un principe, on n'a qu'un but, celui de se déshonorer, afin de parvenir à jouer un certain rôle; cependant, messieurs de la Cour songez bien que,

Ce long amas d'ayeux que vous diffamez tous,
Sont autant de témoins qui parlent contre vous ;
Et tout ce grand éclat de leur gloire ternie
Ne sert plus que de jour à votre ignominie.

Vieux Nestors de la cause royale, allez végéter dans vos tristes réduits, si toutefois il vous en reste un encore, le spectacle assommant de vos droits et de votre honorable pauvreté, fatigue des yeux habitués à planer dans une sphère élevée; filles bien nées, mais sans fortunes, chez qui l'éducation est venue doubler les grâces, perdez l'espoir de changer votre nom contre celui d'un homme né votre égal, la progéniture de l'épicier, du droguiste, etc., etc., saura bien effacer vos charmes et rendre nulles vos généalogies.

Pour vous, braves officiers que la Vendée ou Coblentz ont vu se signaler sous la royale bannière, allez au fond de vos provinces, mourir patiemment de faim, avec ce que les ministres n'ont pu vous enlever.

Mais, me direz-vous : « le Souverain est là, à l'exemple de la divinité, il protège ses fidèles sujets, connaître le malheur et le placer sous son égide auguste, est pour lui la plus douce occupation. » Hélas ! il faudrait que les soupirs arrivassent jusqu'à lui ! impossible !... l'égoisme, l'ambition font nuit et jour sentinelles; tout va par coteries, rien autrement; ainsi mesurez de sang-froid les difficultés incommensurables qu'il vous faudrait vaincre, et renoncez au projet gigantesque d'entreprendre cette dangereuse lutte.

Allez, mes pauvres amis, allez-vîte planter quelques mauvaises racines moins sauvages que les hommes que vous quitterez, et qui, en récompense de vos soins, pourront orner votre table frugale, surtout relisez chaque jour le fameux chapitre de Sénèque, il vous aidera, peut-être, à vous passer du plus stricte nécessaire; allez, vous dis-je, je suivrai bientôt le conseil que je vous donne.

Adieu, Hedwige, l'indignation que j'éprouve m'a entraînée bien au delà du cercle que je m'étais tracé, aussi ma lettre est-elle d'une étendue qui me ferait craindre qu'elle fût mise de côté, si ce n'était à ma meilleure amie que je l'adresse.

Ve LETTRE

Paris ; ce

UNE AUDIENCE CHEZ UN MINISTRE.

Il y a huit jours, Hedwige, que munie d'un billet d'audience, je me suis rendue chez le Ministre de ***; ma toilette était simple, mais élégante, en un mot, j'avais pris une peine infinie pour me donner un visage à conquêtes ; car, nous autres femmes, il nous est impossible de réprimer certains mouvemens de vanité et de coquetterie ; lorsque nous savons devoir être vues par beaucoup de monde. Le conseiller des grâces, vingt fois tourmenté avait fini par me donner une réponse satisfaisante, et toute enveloppée de gazes, de rubans et d'autres bagatelles, je déposai mon odoriférant individu dans un remise qui, en peu d'instans, me transporta au ministère.

A mon entrée dans le salon, je le trouvai si complettement garni de solliciteurs ou solliciteuses qu'il me resta peu de choix pour la place que j'occuperais en attendant mon admission, néanmoins je découvris une petite portion de canapé, et je m'y dirigeai.

Franchir un grand escalier, ainsi que deux ou trois antichambres, en voilà plus qu'il ne faut pour déranger le parfait d'une toilette, aussi mon premier soin fut-il de remédier au désordre que je remarquai sur ma personne; promenant ensuite vers l'assemblée des regards curieux, je fis mes observations et je vais vous les communiquer.

J'avais à ma droite une ancienne beauté dont les monstrueux appas, mis encore en évidence, semblaient vouloir braver à la faveur d'un encaustique végétal, l'impitoyable temps qui les avait ravagés. Un jeune légiste était à ses côtés, et baragouinait d'un ton mielleux, les jolis riens consacrés dans le Code de la galanterie; l'antique Aspasie, doucement émue, souriait et minaudait avec enfantillage.

A ma gauche, une jeune femme à l'air évaporé, causait avec volubilité, tandis que deux ou trois personnages chamarrés de décorations, et qui paraissaient ses intimes, forcés de n'être que les muets accessoires de l'entretien, se retranchaient dans une impassible dignité. Le petit orateur féminin assaisonnait ses discours d'une morgue tout-à-fait amusante, se révoltant qu'une personne de son importance se trouvât ainsi confondue avec une foule d'individus, ajoutant qu'il était horrible de voir les Ministres assez peu courtois, pour laisser désirer leur présence; les décorations criaient; *amen*, et les mots de *Madame la duchesse*, prononcés avec emphase, me prouvèrent que j'avais l'honneur d'effleurer une robe ducale.

A peu de distance de moi, un député du lucratif centre promenait avec apparat et dignité son corps replet et arrondi. Malheureusement, il y avait opposition entre sa volonté et sa forme circulaire. Aussi, le front couvert de sueur, les muscles tendus, le pauvre soutien ministériel payait-il, par une fatigue héroïque, l'attitude théâtrale qu'il essayait de se donner.

Dans une bergère, près de la cheminée, était une vieille dame en costume régulier de solliciteuse. Rien n'avait été oublié pour compléter l'ajustement de rigueur ; la robe, jadis noire, qui, plus de cent fois avait flotté sur les parquets ministériels, offrait à l'œil une teinte jaunâtre ; un petit chapeau de Gros-de-Naples blanc fané servait d'auréole à un visage hâve et sec de qui les petits yeux gris et perçans exprimaient une vague inquiétude, et cherchaient à deviner si, parmi ceux qui l'entouraient, il se trouvait des concurrens ou opposans à l'objet de ses desirs. Dans un sac étaient enfouies, pêle-mêle, un millier de paperasses dont la bonne dame passait une scrupuleuse inspection.

A l'une des extrémités de l'appartement, se promenait un vieillard que sa démarche noble et aisée me fit juger appartenir à l'ancienne noblesse. Son habit avait conservé dans sa forme quelque chose de la coupe française; l'honorable effigie de saint Louis, assujétie à un large ruban, décorait sa poitrine, et tout près d'elle l'on apercevait l'ordre du Lys. La figure de ce loyal serviteur des Bourbons exprimait le découragement, je dirai plus, la douleur; on pouvait supposer qu'il espérait peu de la démarche qu'il tentait. Cet examen assombrit mes pensées, un soupir s'échappa de mon sein, et je me dis : « Voilà donc le triste résultat de la fidélité; on lui a ravi jusqu'aux doutes de l'espérance!

Pendant que j'abandonnais mon esprit à cette rêverie mélancolique, que détermine la persuasion de l'injustice, le salon se dégarnissait; je serais sans doute restée étrangère à ce qui se passait autour de moi, si un léger bruit n'eût ramené mon attention. Je levai les yeux, et je vis le rondelet député qui sortait de chez le régulateur de ses fragiles opinions, la tête baissée, le dos voûté; dressé sur la pointe des pieds, il exécutait en s'éloignant à reculons une longue suite de révérences. Aussitôt la porte fermée, une révolution subite eut lieu dans tout son individu; sa tête, à force de se redresser, parut vouloir quitter son soutien habituel; ses joues se bouffirent, ses bras s'arrondirent, et le parquet raisonna sourdement sous son imposante démarche.

La jeune duchesse, de je ne sais quel nom de fraîche date, avait succédé au pilier du centre. Une demi-heure se passa lorsqu'elle reparut; la tenue majestueuse qu'elle affectait nous prouva que l'on n'avait point osé résister à sa volonté.

Après elle, la surannée Aspasie fut admise chez la puissance à porte-feuille; son nom m'apprit qu'elle était l'épouse d'un de nos premiers fournisseurs, qui n'a pas toujours figuré dans les annales de la probité. En quittant Son Excellence, elle s'entretenait avec le petit légiste qui l'y avait suivie; et le sourire qui errait sur ses lèvres laissait deviner que ses vœux étaient accomplis.

Enfin le nom du marquis de *** frappa mes oreilles; c'est celui d'une des plus honorables victimes de nos désastres politiques. J'étais curieuse, je l'avoue, de contempler ce Bayard moderne dont le dévouement commande l'estime générale. En proie à cette émotion délicieuse qu'inspire le souvenir des grandes actions, mon cœur battait avec violence, tandis que le respect me rendait immobile; enfin j'ose fixer celui que ses vertus ont rendu digne de tant d'hommages, et je reconnais le vieillard dont j'ai déjà parlé. Quelques secondes étaient à peine écoulées, que la porte s'ouvre et se referme pour laisser passer le marquis de ***, qui, s'éloignant d'un air triste et résigné, leva au ciel un regard dont l'expression douloureuse arriva juqu'à mon âme.

Je n'étais pas remise du trouble que je venais d'éprouver, lorsque je m'entendis appeler. Je l'avouerai, Hedwige, je conservais peu d'espoir pour ma demande; l'exemple du marquis avait détruit mes illusions. Cependant je ne m'étais pas fait une idée exacte d'une réception ministérielle ; je supposais qu'une des vertus indispensables chez les hommes à porte-feuille était la politesse. Mais, Grand Dieu ! quel désappointement. Croiriez-vous, mon amie, que nos modernes *Sully* se sont fait une loi de laisser l'imbécile public se morfondre debout devant leurs Excellences, et cela le plus près possible de l'ouverture qui doit le faire disparaître à leurs yeux pour leur ramener une nouvelle série de demandeurs. Ce jeu d'allées et de venues s'exécute à-peu-près comme celui de la récréative lanterne magique, qui, dans l'enfance, charme tant nos loisirs.

Vous saurez qu'un *Madame, je me ferai rendre compte de cette affaire*, a été tout ce que j'ai pu obtenir de Son Excellence.

Il ne faut pas, vous en conviendrez, une grande logique pour soutenir un pareil entretien ; mais il m'a paru que le haut personnage avait une grande habitude de débit pour ces huit mots, et qu'il se donnait rarement la peine d'y faire quelque addition ; car, après les avoir prononcés avec une dignité sentencieuse, ses lèvres n'eurent plus aucun mouvement, et se dirigeant vers la porte, un salut de Cour m'avertit que tout pourparler devait cesser, et que d'autres solliciteurs allaient, ainsi que moi, entrer, parler et sortir avec aussi peu de succès.

Assurément il était cruel d'avoir sans aucune utilité fait une parure régulière, loué un remise, et passé deux mortelles heures à m'ennuyer silencieusement dans le salon d'un ministre; dépitée de ce contre-temps, je retournai chez moi.

Comme je descendais de voiture, je fus accostée par un monsieur, habitant B ***; mais je m'arrête, Hedwige; vous instruire de notre conversation doublerait un écrit déjà volumineux, l'anecdote est piquante, et vaut bien à elle seule un chapitre; ainsi que votre curiosité se repose. Je suis décidée à ne rien ajouter, si ce n'est que vous êtes tendrement aimée de votre...

VIe LETTRE.

Paris, ce

UNE VISITE DANS LES BUREAUX.

Si j'ai bonne mémoire, mon amie, je vous ai laissée au moment où arrivée chez moi, je trouvai M. E***, ce malheureux avait depuis de nombreuses années un procès à soutenir qui devait être jugé le surlendemain à A***, plusieurs pièces essentielles pour le gain de sa cause se trouvaient déposées au ministère de L***. Las de voir ses nombreuses suppliques restées sans réponse, il était venu à Paris afin d'obtenir qu'on en fit l'envoi au procureur général, mais depuis plusieurs jours ses démarches avait été vaines.

Rien, chère Hedwige, n'est comparable au désespoir de ce père de famille, à la veille de voir sa fortune disparaître par la coupable négligence de mercenaires employés, qu'un révoltant égoïsme rend étrangers aux douleurs de plusieurs milliers d'individus.

M. E*** me pria, les larmes aux yeux, de solliciter le chef de bureau, je lui représentai mon peu d'influence. Enfin, vaincue par le spectacle déchirant de ses angoisses, je me rendis à ses vœux ; et remontant en voiture je me transportai avec lui à L***.

Je vais, Hedwige, vous donner connaissance du dialogue qui eut lieu entre le chef et nous :

En entrant nous trouvâmes l'aimable bureaucrate, le dos appuyé au foyer, tenant un journal à la main ; à peine eut-il apperçu M. E***, qu'il s'écria :

— Comment Monsieur c'est encore vous ? Je ne puis rien, absolument rien ; je vous l'ai dit, cela devrait vous suffire.

— Pardon Monsieur, reprit en tremblant mon pauvre compagnon, mon procès se juge et....

— En vérité, Monsieur, interrompit le chef, d'un ton plus insolent encore, si tous les plaideurs étaient aussi fatigants que vous on serait excédé.

— J'avoue Monsieur, repartis-je avec tant soit peu de sécheresse, qu'un pareil discours a lieu de m'étonner; M. E*** est à la veille de voir son existence et celle de huit enfans, dévouées à la plus absolue misère, vous avez dans vos cartons des pièces qui établissent ses droits, le moindre retard peut causer sa perte, et je ne puis croire que vous refusiez plus long-temps de lui faire délivrer ce qui assure son avenir.

— Il m'est impossible, Madame, de vous satisfaire, les recherches dans une administration, exigent plus de temps qu'il n'en reste ; d'ailleurs, ce que monsieur demande a, je suis sûr, été envoyé au procureur général.

— Cependant M. E*** arrive de A***, il a la certitude que les pièces ne sont point parvenues au parquet, j'ose donc, Monsieur, vous prier en grâce de ne pas refuser ce que l'humanité vous fait un devoir de lui accorder; ordonnez que l'on fasse les recherches.

— Il me semblait, Madame, que ma réponse devait me garantir de nouvelles importunités, sur ma parole, si on venait ainsi abuser de notre patience, il faudrait déserter de sa place.

— Peut-être, Monsieur, feriez-vous aussi bien, car celui qui, honoré de la confiance du gouvernement, en fait un pareil abus, devrait être chassé d'un emploi qu'il n'a pas la volonté, ou la capacité de remplir.

— Madame, vous oubliez, sans doute, à qui vous parlez; ne me forcez pas à donner des ordres qui vous prouveraient qu'on n'insulte pas impunément un fonctionnaire public.

— Épargnez vous, Monsieur, ce soin; de petites autorités ne m'en imposent pas, je sais ce que l'on doit accorder d'égards à des fonctionnaires; mais je connais aussi les droits d'un public qui les paye; oui, Monsieur, ces hommes si orgueilleux d'une place que la moindre secousse ministérielle peut leur enlever, ne sont, à proprement, parler que les agens salariés de la nation entière, plus persuadés de cette vérité ils devraient respecter une généralité qui les empêche de mourir de faim, et penser que le premier devoir d'un employé, est de consacrer son temps au soin de l'administration, et non pas à la lecture oiseuse des brochures éphémères que chaque jour voit éclore; cette manière de juger et de parler vous semble étrange; mais, royaliste, par ma naissance et mes principes, tout en respectant les institutions qui émanent du trône, je ne sais pas étendre ce sentiment sur une fourmilière d'employés qui, à l'abri d'un nom auguste, osent impunément étouffer les vues paternelles du Souverain, et déshonorer l'administration qui leur est confiée.

— Sortez, Madame, s'écria

avec fureur l'orgueilleux bureaucrate.

— Oui, Monsieur, je sors, mais pour réclamer une justice qu'on ne peut me refuser.

En effet, exaspérée de la révoltante dureté du chef de bureau, j'étais décidée à faire une action d'éclat, l'amour-propre ce grand enchanteur des humains, rivalisait dans mon cœur avec la pitié que m'inspirait monsieur E***.

Je portai mes pas chez le secrétaire général, espérant que l'heure de réception n'était pas écoulée, je me trompais dans mes calculs, on n'était plus admis.

Désolée de cet obstacle, j'exposai à l'huissier l'urgence où je me trouvais de parler à M. le comte de***, je le suppliai de lui demander un moment d'audience, il resta sourd à mes prières; indignée de rencontrer chez tous une insensible indifférence pour les malheurs d'un père de famille je m'écriai :

— Annoncez-moi, je vous prie, à Monsieur le comte.

— Impossible, Madame.

— Vous refusez, eh bien! ajoutai-je en m'emparant du bouton de la porte, et le faisant tourner, je m'annoncerai moi-même.

J'avais à peine terminé ce peu de mots, que j'étais déjà vis-à-vis du secrétaire général qui m'offrit avec politesse un siége près de lui.

— Monsieur le comte, lui dis-je, sans doute la démarche que je me permets a besoin de trouver en vous une grande indulgence pour la faire excuser. Alors lui présentant M. E***, je lui expliquai sa position, et lui détaillai avec vérité la conduite du chef de bureau.

Le comte m'écouta en silence; lorsque j'eus achevé mon recit, il me dit :

— Je suis charmé, Madame,

que vous ayez assez bien présumé de moi pour me porter de justes plaintes contre un de mes subordonnés, je mettrai tout l'empressement possible à réparer une faute qui pouvait devenir préjudiciable à votre protégé.

Puis, sonnant l'huissier, il donna l'ordre de faire descendre le chef; celui-ci ne se fit pas attendre; en abordant le secrétaire général, il put facilement deviner à un froncement de sourcils très-marqué, que l'explication que je venais de donner, avait accumulé sur sa tête un violent orage; aussi prit-il un maintien souple et contrit.

Des observations sèches et mordantes lui furent adressées par le comte qui termina en disant :

— Veuillez, monsieur, d'ici à cinq minutes, me trouver les pièces que l'on demande, et y joindre une lettre à Monsieur le procureur général d'A***.

Le chef de bureau fit uneprofonde génuflexion, et courut exécuter des ordres qui lui étaient transmis de manière à ne point répliquer.

Peu après il nous rejoignit avec l'importante liasse ; on ferma l'enveloppe, le tout fut remis au pauvre M. E*** qui, dans son ivresse, exprimait à monsieur le secrétaire général sa vive reconnaissance d'une manière amphibologique : il me parut nécessaire d'arrêter l'effusion de sa joie, réfléchissant combien étaient précieux les moments de ce digne fonctionnaire, je lui adressai des remercîmens qui partaient du cœur et déclinai ma visite ; il me semblait qu'occuper inutilement un homme qui fait un si bel usage de son pouvoir et de son temps, c'était enlever à d'autres infortunés des heures qu'il consacre à les protéger.

M'étant séparée de M. E*** qui prenait la poste pour A***, je donnai ordre au cocher de me conduire aux Champs-Élysées; j'avais besoin de rassurer mes esprits, les réflexions philosophiques se pressaient en foule dans ma pauvre tête, je m'étonnais de l'idée fausse que la plupart des hommes ont de leur importance intrinsèque comme aussi de leur dégoutant égoïsme. Oui, chère Hedwige, faible portion du vaste univers, j'ai osé sonder la marche des gouvernemens, ou plutôt de leurs nombreux rouages, les incidents de la matinée m'avaient rendu misantrope, quoi? me disai-je, un ministre oublie qu'il n'est que l'homme chargé de veiller aux intérêts de la nation, et payé par elle pour réprimer les abus, en offrant un appui protecteur à ses membres froissés. Mais l'homme à porte-feuille a bien d'autres soins à remplir; une fortune à établir, des parens à pourvoir, des intrigues à former ou à déjouer, de petites inimitiés à satisfaire. Copié par une foule de subalternes, son exemple devient une loi qui a plus de force que celles sanctionnées par le Souverain.

Maintenant que plusieurs jours ont laissé ma tête se reposer, et que mon besoin de moraliser a dû s'évanouir, pourquoi vous entretenir de mes folles pensées; Hedwige, le désir du mieux est illusoire, stoïques spectateurs de l'injustice ou de l'imperfectibilité générale, gardons le silence et prenons les hommes et le temps pour ce qu'ils valent.

VIIe LETTRE.

Paris, ce

LES MARCHANDS.

Je suis décidée, mon amie, à passer en revue toutes les classes de la société; descendant quelques degrés, je vous parlerai des marchands ; le sujet est inépuisable, et le miroir que je présenterai à vos yeux, peut aussi réfléchir en grand les travers du haut commerce. Comme les exemples particuliers rendent d'une manière plus sensible les diverses nuages qui existent entre les anciennes et les nouvelles coutumes, je vous ferai faire connaissance avec une famille qui, pendant nos années de deuil, a rendu beaucoup de services à la mienne; un sot orgueil ne m'a pas fait oublier des bienfaits qui, pour provenir de simples marchands, n'en sont pas moins inscrits au fond de mon cœur; je me fais gloire de conserver des relations intimes avec eux, c'est ce qui m'a mise à même de mieux saisir l'exquisse que je vous abandonne.

M. Bertrand, autrefois marchand drapier, s'est retiré du commerce après avoir amassé une fortune qui ne lui laisse rien à désirer; cependant, imbu des vieux préjugés, il a voulu que son fils suivît la même carrière que lui, craignant avec raison que son héritier, nourri dans une nonchalance oisive, ne dissipât trop vite ce que trente ans d'économie lui ont fait amasser. Ainsi le jeune Bertrand a succédé à son père; mais, grâce aux innovations dangereuses que la *bienheureuse civilisation et les étonnantes lumières du siècle ont fait naître*, il a renoncé à la simplicité qui caractérisait autrefois la classe marchande; simplicité qui, presque toujours accompagnée de la bonne foi, leur laissait, il est vrai, moins subitement escalader les degrés de la vogue et de la fortune, mais leur assurait dans la vieillesse une existence honorable.

La mode est changée, on abandonne le soin importun d'une réputation longue à obtenir, on veut prendre des airs, on a presqu'une maison montée, madame a ses fantaisies, ses caprices à satisfaire; monsieur veut singer tel ou tel matador; il lui faut une maîtresse qui le ruine; ensuite, le dimanche l'air de Paris est trop pesant pour la faible complexion de son épouse, le système nerveux en souffre, d'ailleurs montrer ce jour-là sa figure dans la ville, serait une mesquinerie par trop bourgeoise, il faut de toute nécessité avoir à quelques lieues de la capitale un pied-à-terre, que sais-je même? une campagne, et si vous vous récriez sur un pareil luxe, cela ira jusqu'au château.

A-t-on des demoiselles? ne croyez-pas, mon amie, qu'une éducation sage les dispose à devenir de bonnes ménagères; non, élevées dans un grand pensionnat, latin, physique, botanique, algèbre sont logés en petite quantité dans leurs jeunes têtes; viennent ensuite le dessin, la musique et la danse; la danse! c'est surtout là où elles excellent; il faut voir les poses théâtrales dont on victime chacun de leurs membres, afin de développer en elles des grâces qui peut-être n'existent pas ; pour completter d'aussi éclatantes études, l'équitation et les armes sont jugées indispensables.

Imaginez, Hedwige, la prodigieuse sensation que doivent produire ces charmantes personnes à leur entrée dans le monde ; il faudrait une plume plus exercée que la mienne, pour oser peindre l'enthousiasme qu'elles excitent ; ainsi je passerai aux dignes frères de ces petites merveilles. Voyez-les dans un riche collége, prendre une teinture des hautes sciences ; rien de mieux, car vous conviendrez que l'astronomie et le grec sont très-nécessaires pour la tenue d'un magasin.

Il est vrai que souvent cet étalage est acheté par de cruels ennuis, que les jours d'échéance on est parfois obligé de faire voyager les diamans de madame, ou le superflu de l'argenterie, ou même des ballots entiers dans une certaine rue du Marais; mais il arrive quelques bénéfices, et ces cautions numériques reviennent figurer en partie sur le sein de la belle marchande, ou dans les festins que l'usage ordonne de donner : on oublie ces échecs, et l'on continue à faire bonne contenance jusqu'à ce que l'exécrable cohorte des huissiers, semblables à d'affreux vautours, vienne fondre sur l'élégant comptoir.

Dans ce dernier cas, on s'est ménagé des ressources ; madame a sa dot, son douaire, mille autres choses encore à réclamer ; elle prouve d'une manière très-catégorique que tout lui appartient, les arrête-débiteurs s'en vont la mine allongée ; un bilan, revêtu de toutes les formes, leur impose silence, et plaçant le faiseur de banqueroutes sous la sauve-garde des lois, lui accorde le droit incontestable de frustrer ses créanciers qui, de leur côté, familiarisés avec ce manége commercial, acceptent les conditions qu'on veut bien leur imposer.

Admirez, Hedwige, le charmant, l'adorable de cet article

du code, et combien nous perfectionnons les usages, et même la législature; vous croyez, sans doute, que le magasin se ferme, que le crédit se perd; du tout, la maison va toujours, madame, à onze heures, arrive à son comptoir:

.... dans le simple appareil
D'une beauté qu'on vient d'arracher au sommeil.

La chocolatière est apportée avec la brochure nouvelle, le journal des modes est consulté, quelques ordres sont donnés, puis, fatiguée de ces soins importans, madame court devant une élégante psyché, aviser aux apprêts d'une toilette régulière.

— Son époux, me direz-vous, que devient-il ? calmez vos craintes. A l'abri d'un sauf-conduit demandé pour la forme, il n'interrompt nullement le cours de ses plaisirs ; assiégé d'offres de marchandises, il n'a que l'embarras du choix, ses créanciers sont les premiers à lui proposer un nouveau crédit ; plus sa banqueroute est collossale, plus il inspire de confiance.

J'avoue, mon amie, que j'expliquerais difficilement d'après quel principe on agit d'une maniére si opposée au bon sens ;

ainsi j'arrête mon esprit tout prêt à commencer de philosophiques réflexions, il faut se garder de parler de ce qu'on ne comprend pas, et certes, le logogryphe que je soumets à votre perspicacité, en sera sans doute un toute la vie pour moi.

Néanmoins, le vieux Bertrand est assez ridicule pour se gendarmer contre des innovations qui, selon lui, mènent à l'infamie; il pousse la folie jusqu'à déclamer avec feu contre les grandes nécessités du luxe; mais un « mon Dieu, mon père, vous » n'entendez rien aux nouveaux » usages, songez, de grâce, que » nous ne sommes plus comme

» il y a quelques cinquantaines
» d'années ; voulez-vous que, sui-
» vant la marche lente et incertaine
» qui vous a fait haleter trente
» ans dans le fond d'une sombre
» boutique, je me couvre d'un
» ridicule complet ; on est forcé
» de vivre comme tout le monde,
» et de sacrifier un peu à l'ap-
» parence. »

— Votre serviteur, Monsieur, reprend avec colère le vieux marchand, s'il vous plaît de lui sacrifier jusqu'à l'honneur.

Là-dessus, le fils Bertrand fait une pirouette, imitation burlesque des jolis pas dont sa petite danseuse paie ses largesses, et, tournant les talons, il laisse le cher papa regretter tout à loisir l'ancienne bonhomie d'une classe que ses vertus ont honorée.

Je suis sûre que vous vous rangez du côté de cet ennemi du faux brillant, et que son fils est déjà condamné. Prenez garde, mon amie, de trop précipiter votre jugement ; je respecte, j'admire les principes du premier, je voudrais qu'ils fussent suivis ; mais loin de-là ; sa morale et sa probité ont vieilli, et leur antique visage n'est plus de saison. Si, avec sa façon de penser et d'agir, M. Bertrand recommençait sa carrière, je prédis qu'il la finirait à l'hôpital ; car si un faiseur de banqueroutes frauduleuses voit douter son crédit, si chacun lui jette, pour ainsi dire, les marchandises à la tête, il n'en est pas de même de celui que des malheurs prouvés forcent à retarder ses paiemens; on le poursuit, on le harcèle, on vend son modeste avoir; puis, dans une prison, on lui fait expier sa sotte vertu. Comment se décider à être honnête et malheureux, si l'estime générale ne nous indemnise pas des sacrifices que nous offrons afin de l'obtenir? je pense qu'il faudrait pour cela avoir une force de caractère au-dessus du naturel.

Je dirai donc, mon amie, que l'on peut attribuer à la rage de paraître les nombreuses faillites qui se font de nos jours. En effet, personne ne veut rester à sa place; la foule se presse dans l'étroite lice qui conduit à la fortune; pour être admise à la parcourir, on emploie tous les moyens, on vend sa réputation, son repos; on trafique de son infamie. Si l'on échoue, le mépris public vous aceable; si on réussit, tout est oublié, et le transparent d'or qui enveloppe votre vie passée, ne laisse plus distinguer le déshonneur dont elle est souillée.

Adieu, bonne Hedwige, aimez-moi comme je vous aime.

VIIIe LETTRE.

Paris, ce

UNE SÉANCE A L'ATHÉNÉE.

Hier soir, mon amie, je suis allée à l'Athénée français; la foule était si grande qu'il m'a fallu rester debout et à la porte.

Le discours d'ouverture avait déjà été prononcé, et l'attention se trouvait fixée par la lecture d'une fable en vers assez médiocre; l'orateur, il est vrai, tirait avantage d'une voix dont les sons brillans prêtaient quelque grace au sujet qu'il livrait à la curiosité de son auditoire.

Après lui, un de ses collègues, armé d'un véritable in-folio, dont le titre annonçait une dissertation sur le génie poétique du dix-neuvième siècle, nous déroula, sans pitié, les savantes réflexions de son esprit universel : la Grèce, Rome et tout le cortége scientifique de la respectable antiquité, furent passés en revue; les causes premières analisées, le prosaïque orateur, comme pour caresser les idées devenues à la mode, sema son discours d'expressions, de tournures, de phrases financières. Du reste, se montrant avare d'éloges envers ses compatriotes, il eut la bonté de nous dire que les productions de nos anciens auteurs se ressentaient de l'assujétissement où se trouvait alors la France, oubliant, sans doute, que les superbes génies qui ont distingué les règnes de Louis-le-Grand et de son successeur, démentaient victorieusement ce paradoxe ridicule.

Loin de s'arrêter à cette première faute, l'esprit cosmopolite de l'académicien, après lui avoir fait offrir à la mémoire de l'illustre Byron, le tribut d'éloges que lui départit l'Europe entière, glissant avec rapidité sur deux hommes qui font la gloire de notre littérature, réserva son fol enthousiasme pour un romancier anglais sans doute distingué, mais dont le nom ne pourra jamais être inscrit par la postérité en caractères ineffaçables, comme ceux des Chateaubriant, des Lamartine, etc, etc

Quelle honte! Hedwige, de franchir à ce point le cercle impartial de la vérité! Se peut-il que l'auteur inimitable du Génie du Christianisme, des Martyrs, obtienne à peine une remarque; que ce génie de feu, cet écrivain dont l'âme conduit la plume, cet esprit vaste et brillant qui semble parler le langage des dieux, et puiser sa pensée dans les régions célestes; se peut-il, dis-je, qu'un Français ose détourner ses yeux de l'auréole de gloire qui, dans les siècles

les plus reculés, protégeant le souvenir du noble Pair, le vengera de l'indifférence de ses contemporains.

Et vous, chantre mélodieux de la douleur, dont les soupirs sont autant de grâces, vous que le cœur lit avec ivresse ; vous enfin qui savez faire partager à notre âme cet abandon délicieux, cette molle tristesse qui nous arrachent de douces larmes, interprète heureux de la nature, votre génie que la tendresse et la mélancolie parent d'une guirlande de fleurs, fera la gloire de notre âge. Oui, sur le Pinde sacré où les Muses ont recueilli vos méditations, votre nom, soulevé par les amours, sera offert à l'admiration de l'avenir.

Cependant, mon amie, l'insipide narrateur ayant achevé sa lecture, nos tourmens cessèrent. Je vous assure qu'il était temps ; chacun de nous, comme placé sur la sellette, avait épuisé son indulgence à écouter des idées fausses, absurdes, exprimées d'une manière pesante ; car l'élocution de l'académicien devait agir sur les nerfs les moins susceptibles.

Celui qui le remplaça nous dédommagea amplement par la lecture d'un fragment tiré du poëme de Philippe-Auguste. Rien de plus joli, de plus léger que ses vers ; des peintures vives, originales, de la finesse dans les idées, du brillant dans les descriptions complètent, selon moi, une harmonie d'ensemble que l'on rencontre difficilement.

Deux fables suivirent, et je les plaignis de tout mon cœur. Déjà très-faibles, elles succédaient à une lecture si intéressante, que le public, devenu difficile, les condamna, avec sévérité, à l'oubli qu'elles méritaient.

La séance étant terminée, je regagnai mon logis, réfléchissant au mauvais choix de la plupart des soutiens littéraires, et je me dis : Est-il possible que des hommes de qui l'esprit est certainement un problème, se trouvent faire partie de nos académies ? En vérité, si Piron revenait parmi nous, il aurait encore bien des épigrammes à lancer contre ces réunions,

Adieu, bonne Hedwige, des importuns, jaloux du plaisir que j'éprouve en causant avec vous, m'arrachent à ce doux loisir. Il faut se soumettre; la politesse, ce tyran des sociétés, veut que j'abandonne l'amitié, pour écouter, d'un air gracieux, les pitoyables riens qu'on va me débiter.

IX.e LETTRE.

Paris, ce

UN DÎNER BOURGEOIS.

Avant-hier, j'ai eu l'avantage, ma chère Hedwige, de figurer à un grand *gala*; Dieu sait quel plaisir j'ai éprouvé ! Préparez-vous à entendre le détail de cette journée bourgeoise si fameuse dans les annales de l'ennui, et plaignez bien votre pauvre amie.

Je vous ai dit que la reconnaissance déterminait mes relations avec la famille Bertrand. Ce motif m'a fait accepter l'offre amicale de dîner chez le fils ; c'était sa fête. En personnages marquans, il y avait M. Bertrand que vous connaissez déjà, et son épouse, femme d'un caractère qui devrait servir de modèle à ses semblables ; douce, simple, modeste, elle ne cherche point à dépasser la ligne que lui a tracée le sort, et les travers des autres n'ont aucun empire sur son âme éclairée par la raison.

Venait ensuite le jeune Bertrand, vrai fat bourgeois ; puis sa chère moitié, femme à vapeurs, que la moindre bagatelle fait tomber en syncope ; sa structure, il est vrai, dément un peu ces apparences délicates. Courte, ronde et joufflue, on dirait un athlète de santé; mais, en dépit de tout, il faut croire ce qu'elle affirme. Quant à moi, je me garderai bien d'élever le moindre doute.

Madame Bertrand s'affuble, avec une pompe ridicule, de tous les colifichets de la mode; on croirait voir une de ces châsses magnifiques que le mauvais goût de quelque riche campagnarde s'est plu à surcharger d'ornemens. La figure de cette dame est commune; sa voix est rauque, et cet ensemble hétérogène s'amalgame, comme il peut, avec les grimaces de l'afféterie la plus minaudière.

Le reste des convives montait à

vingt, plus une troupe d'enfans dont les bruyantes clameurs produisaient un charivari qui, très-agréable à leurs affectionnés parens, ne laissait pas que de rompre un peu ma cervelle.

Dans un élégant salon, les femmes, artistement assises, étudiaient, avec art, le moyen de ménager l'économie de leur parure; les robes, étalées avec soin, ne recevaient de faux plis que ceux produits par le poids de la beauté à qui elles appartenaient; le cachemire français, ployé en bandeau de confirmation, figurait sur le bras, et les brides des chapeaux, soigneusement dénouées, ne conservaient qu'une légère pression.

Je suis forcée d'avouer que chez les hommes beaucoup plus de roideur accompagnait leurs mouvemens ; moins souples que leurs chères moitiés, ils se tiraient mal de l'embarrassant appareil d'une élégance tyrannique. Des dos voûtés, des coudes qui menaçaient les côtes de leurs voisins, des oreilles blessées par les bords meurtriers d'un col trop empesé, et des couleurs cramoisies, résultat funeste de ces diverses compressions, voilà en général, le tableau véridique qui s'est offert aux yeux de votre amie.

On devait dîner à deux heures, car M. Bertrand père s'est fait une loi de ne changer aucune des habitudes du bon vieux temps ; son ls avait souscrit à ce désir ; mais l'épouse de ce dernier, scandalisée à l'excès d'une pareille violation des usages, apporta mille soins à retarder l'instant du service, et nos estomacs trompés eurent, pendant près de deux heures, le loisir de murmurer contre la maudite étiquette.

Enfin, le signal est donné, tout le monde se lève; vous pensez, Hedwige, qu'en peu d'instans nous serons à table; détrompez-vous. Avant d'y arriver, il faut voir exécuter un cérémonial perfide qui promet un dîner refroidi.

En entrant dans la salle du festin, je fus effrayée de l'exiguité de cette pièce; les couverts, rapprochés les uns des autres, laissaient à peine l'espace nécessaire pour contenir les acteurs du banquet, et chacun, obligé de renoncer à une bonne moitié de son individu, procédait, avec plus ou moins d'habileté, à l'important travail de satisfaire son appétit.

Remarquez, mon amie, que les maîtres de la maison, réfugiés aux deux angles de la table, avaient laissé, à qui le voulait, le soin de les représenter; je vous entends déjà me demander qui aura l'œil sur les besoins des convives, qui surveillera les détails du service;

en vérité, on n'a pas pensé à ces bagatelles; on était libre d'attaquer les mets qui se trouvaient vis-à-vis de soi.

Cependant, une réverbération brûlante se faisait jour à travers le léger calicos dont la fenêtre était garnie, ce dernier inconvénient est presqu'un supplice, du moins pour moi qui, comme Boileau,

. . . . . . ne compte rien ni le vin ni la chère.

si pendant le repas je suis réduite à un fâcheux esclavage.

Ce n'est pas tout, quatre ou cinq chiens se disputaient, avec fureur, les débris qu'on leur abandonnait, et réfugiés sous l'étroite circonférence de la table, mordaient, çà et là, les jambes qui avaient pu y être admises; d'un autre côté, un enfant, à peine arraché au sein maternel, poussait des cris de feu, pour une cuilleriée de soupe, crême, ou confiture, maladroitement administrée. Plus loin, de jeunes tapageurs, désignaient tel ou tel mets dont il leur plaisait de goûter les premiers; leurs chers parents commençaient une longue et ennuyeuse morale chantée sur un ton monotone; mais les petits opiniâtres insistaient, et, bientôt, l'objet de leur mutine colère arrivait sur l'assiette.

Disons un mot du repas; sur ma parole, imaginez une scène du cahos, un pot-pourri, une macédoine, vous serez encore à mille lieues de la ressemblance.

. . . .

D'abord un potage élavé, des entrées qui nagent au milieu d'un océan de graisse figée; plus un rôti, introduit furtivement au premier service, remplace un bouilli tellement mutilé, qu'on eût pu le prendre pour un hachis; encouragé par l'exemple de ce chef du second service, bientôt les entremets arrivent, un à un, débusquer le modeste fricandeau, le sauté glacé, ou tout autre plat de cette espèce.

Que vous dirai-je ; les mets sont froids, le vin est tiède, un bourdonnement infernal ajoute à ce désordre ; l'un parle toile, l'autre ruban, celui-ci récapitule la liste énorme des banqueroute faites, ou présumées, celui-là s'évertue à prouver une chose très-connue, que les draps de M. T...... sont pitoyables, et que pour un partisan si chaleureux des intérêts du peuple, son exposition est tout-à-fait inconvenante, car elle froisse les intérêts de la multitude, et décourage l'industrie. Ce déluge de paroles était inutile, on sait très-bien que l'ex-baron, de même que tous les harangueurs de son parti, parle sans cesse d'une vertu qu'il ne pratique pas, celle de bon citoyen, et que, spéculateur avide, ce pauvre peuple dont il s'est montré le zélé tribun, n'a, jusqu'à ce jour, été que l'instrument passif de sa richesse colossale ; l'opulent manufacturier ayant bien évité de lui donner, dans ses bénéfices, la part exigée, pour ainsi dire, par l'humanité.

Ne vous impatientez pas, mon amie, de cette petite digression, je retourne à grands pas vers le dîner où le tumulte est loin de décliner ; les enfans pleurent, les chiens jappent, les mamans grondent, néanmoins un des héros de la fête, se lève, et fait un signe de la main ; l'attention se fixe sur lui, il en profite, pour proposer à *l'honorable société*, de faire succéder, aux diverses causettes, la joyeuse chanson; sa demande est accueillie par d'assourdissants bravos, il est prié de donner l'exemple, et les vitraux frémissent de ses robustes accents.

L'usage veut que le dernier refrain soit repété en cœur, et qu'un *charivari musical* permette à chacun d'unir, sans mesure et sans goût, sa voix flûtée, ou son rauque bourdonnement à l'ivresse générale; le tout s'appelle de *l'harmonie.*

Après cet hercule du chant, sa

voisine, la marchande de dentelles psalmodia une fade romance qu'elle interrompit, à chaque moment, pour réclamer l'indulgence; « *elle était malade, la complai-* » *sance seule la faisait se rendre* » *aux vœux de ses amis.* » Bref, elle débita, moitié parlant, moitié chantant, mille autres balivernes de cette espèce.

Enfin, chère Hedwige, il nous a fallu avaler plus de dix fois le supplice affreux que des oreilles tant soit peu délicates éprouvent à ces mortelles symphonies; mais j'arrive au bouquet; l'unique hérier de M. Bertrand fils, placé sur les genoux de sa belle maman, captivait depuis une heure l'attention de la société, on s'extasiait sur sa prétendue gentillesse ; nous avions entendu conter et raconter ses charmantes prouesses, lorsque le petit marmot, excédé d'une adulation aussi fatigante, y répondit par un violent accès de colère ; aussitôt plusieurs flacons sont renversés, et leur contenu va se disperser sur les robes qui ont le malheur de se trouver près du jeune héros ; les femmes poussent des cris de désespoir, M. Bertrand, aussi peu raisonnable que son fils, veut lui administrer, en public, une correction qui assurément ne rétablirait pas la fraicheur des étoffes gâtées ; néanmoins il le veut ; mais les entrailles maternelles se révoltent à l'idée d'une telle barbarie, une rixe s'élève entre les deux époux ; l'assemblée se déclare pour l'un et pour l'autre, et dire la confusion qui en resulta, serait impossible.

Plus heureuse que moi, Hedwige, vous ne pouvez en juger que par tradition, toujours est-il que, grâce à la rumeur occasionnée par cet incident, je parvins à m'échapper ; rassasiée de plaisir, terrassée par les jouissances de cette délicieuse fête, je sortis sans bruit, et j'allai dans mon lit rêver à ce que la plupart des humains appèlent plaisir.

Xe LETTRE.

Paris,

UN PEU DE POLITIQUE.

Vous exigez de moi, ma chère Hedwige, une tâche bien pénible, celle de retracer à ma mémoire des événemens que je voudrais en effacer; vous refuser m'est impossible, et j'attristerai mon cœur, puisque vous attachez quelqu'importance à mes idées sur les causes et les effets de notre malheureuse révolution, comme aussi sur notre position actuelle; j'avoue qu'il est assez original de trouver de pareils sujets dans la conversation de deux dames ; mais notre siècle offre d'ailleurs tant de singularités, que ce qui eut paru monstrueux dans d'autres temps n'attire pas même le ridicule ; les femmes causent aussi bien, je veux dire autant que leurs *nobles chefs*, de politique, de finances, etc, et dans leurs petits ou leurs grands cercles, il n'est pas rare de voir s'établir une grave discussion où les articles de la Charte, les ordonnances, les budjets, confondus avec les caprices de la mode, sont rapidement passés en revue ; rien n'échappe à ces jolies diplomates ; le discours de tel ou tel député est aussi bien commenté que la couleur du ruban qui doit orner un chapeau ; une empiétation ministérielle excite autant de murmures, pour ou contre, que l'apparition d'une toilette nouvelle, et un changement dans les hommes à porte-feuille boulverse encore plus les têtes que l'approche d'un bal : ainsi l'on a vu le feuilleton spirituel et léger, banni des boudoirs, céder sa place à un fatiguant journal, et le roman cette production du cœur, qui sympatise si bien avec celui des femmes, s'est vu délaissé pour la fastidieuse brochure d'un publiciste en réputation.

Vous croirez à peine, mon amie, ce que je vous dis sur nos habitudes et nos mœurs ; toute entière à des devoirs de famille, ou à des plaisirs simples, vous me taxerez d'abuser de votre crédulité en vous désignant les travers que la justesse de votre esprit vous fera toujours ignorer, vous accuserez ma misanthropie de former seule ces tableaux extravagants. Hélas! conservez à jamais une erreur qui laisse ma patrie occuper dans votre souvenir une distinction flatteuse; mais si l'illusion venait à se dissiper, ne révélez à personne les vérités que je vous confie; songez, Hedwige, qu'avec vous, l'amitié peut m'engager à tout dire; mais que mon orgueil national souffrirait d'exposer nos faiblesses aux censures d'un peuple étranger.

J'ai besoin de m'appuyer sur

l'exemple général pour oser exprimer des idées peut-etre douteuses. Vous le voyez, Hedwige, je deviens philosophe et politique; je me permets de soulever le voile des temps, et de juger les hommes: l'examen de ma propre faiblesse doit me rendre indulgente pour des erreurs que, tout en condamnant, je partage.

Vous me permettrez de remonter un peu loin, et de puiser dans les annales des règnes précédens, les causes déplorables qui ont amené une crise si sanglante, que plus de trente ans, passés après elle, n'en ont pas encore effacé les tristes résultats.

Dans ma patrie, plus que partout ailleurs, on est tourmenté d'un besoin d'imitation qui fait que les vices et les vertus de nos souverains se reflètent, pour ainsi dire, sur tous leurs sujets. . . . .

Ainsi, en France, chaque règne offre un changement dans l'esprit national. Sous Louis XIV, les sentimens nobles se disputèrent, à l'envi le soin de diriger les Français sous la bannière de l'honneur; l'héroïsme militaire, les beaux arts, et jusqu'à la galanterie, tout porta une empreinte de grandeur inspirée par le génie sublime du Monarque; le désir de s'illustrer donna comme une seule âme à toute la nation, et la gloire qui entourait un grand roi, couvrit de ses ailes majestueuses le peuple qu'il venait de régénérer; hélas! la fin de ce règne fut assombri par l'influence malheureuse d'une dévote. Dès-lors, l'hypocrisie révoltante changea les esprits, et démoralisa lentement les cœurs.

Pendant la régence, l'amour devint un libertinage effréné, et imprima du sceau de l'ignominie le Prince, les courtisans et la nation.

Les premières années du règne suivant firent penser que les mœurs allaient reprendre leur empire; mais l'impulsion, donnée sous la régence, était trop forte; les faiblesses du cœur précédèrent des excès moins pardonnables : la licence montra de nouveau ses traits dégoûtans; les intrigues, les coteries les plus déshonorantes effacèrent du cœur de la noblesse cet honneur qui lui était comme héréditaire; elle perdit l'ascendant moral qu'elle avait toujours possédé, et que de grands souvenirs forçaient à lui accorder. Le peuple, tout en l'imitant, mesura d'un œil d'envie sa hauteur imaginaire, et, dès cet instant, il se révolta d'être soumis à des hommes que leurs passions abaissaient jusqu'à lui.

Le Monarque infortuné qui suivit Louis XV, était peu susceptible de ramener la nation à sa primitive splendeur. Comme simple particulier, il eut été le modèle des chefs de famille; ses vertus paisibles lui eussent concilié l'amour et le respect. Comme prince, il ne pouvait régner que sur un peuple soumis à ses devoirs, et secondé par une noblesse jalouse de marcher sur les traces de ses ancêtres.

Le cœur faible, mais vertueux de Louis XVI, força, néanmoins, la Cour et la Ville à une métamorphose. Le Roi, se montrant exempt de tout excès dans les mœurs, on parut vouloir suivre son exemple; mais les intrigues politiques succédèrent à celles de la galanterie. Une faction puissante s'éleva du sein même de la Cour, pour lutter contre une jeune Reine brillante d'esprit et de graces.

Enhardi par l'insouciance du Roi, on porta l'audace jusqu'à l'excès; les imputations les plus révoltantes atteignirent l'illustre princesse que les Français eussent idolâtrée, si trop de gens n'eussent pas eu intérêt à paralyser l'empire qu'elle prenait sur les cœurs. Les courtisans ne sentirent pas malheureusement qu'en dépouillant le trône de la vénération dont plusieurs siècles l'avaient décoré; ils minaient son entier écroulement, et que le colosse de la monarchie venant à chanceler, il devait, entraînant dans sa chûte son entourage et ses nombreux accessoires, écraser à jamais cette noblesse, dont toute la puissance se rattache à celle du Souverain.

Il était impossible qu'une grande crise ne suivit pas cette fermentation générale, c'est ce qui arriva; la France, entière, livrée à l'esprit de faction, passa rapidement de l'amour de l'indépendance à celui du désordre; des hommes ambitieux voulurent franchir la distance qui les séparait du trône, et profitant de la faible bonté du Monarque, et de l'audace de ses sujets; ouvrirent, d'une main criminelle, les digues de la révolte, bientôt cette hydre grandissant avec force, semblable à un torrent furieux qui annéantit tout ce qu'il rencontre, précipita dans ses gouffres effroyables, les premiers moteurs de son existence.

Le trône et l'autel furent abattus, et souillés; le sang de plusieurs milliers de victimes coula sur tous les points de la France, le règne de la férocité de la démence et de l'impiété la plus infernale, fixa sur cette période de notre vie politique une tache ineffaçable; l'honneur français s'enfuit épouvanté, et la nature en deuil cacha sa douleur et ses larmes.

Cependant le peuple, ou plutôt

la vile tourbe qui le déshonore, dont le génie du mal dirige toujours les fureurs, poussée par des chefs audacieux et plus cruels peut-être qu'elle-même, crut détruire les abus qu'on lui avait signalés et ne commit que des forfaits.

De toutes parts la dévastation signala la fièvre endémique qui consumait notre triste patrie.

Enfin, las de carnage, le peuple comme étonné des scènes de désolation qui avaient suivi son affranchissement, redevint le jouet de tout ceux qui voulurent lui donner des lois, ceux-ci firent place à mille autres et leur puissance s'évanouit aussi devant un homme dont le nom et la vie appartiennent maintenant à l'histoire; génie supérieur que les siècles avenirs jugeront, et qui eut, peut être emporté au tombeau, l'admiration de l'Europe, si la pourpre qui le couvrait, n'eut laissé voir un usurpateur, que l'ombre sanglante d'un héros accusait devant la postérité ; tel qu'il fût néanmoins, il changea, tout-à-coup, notre contenance politique , la morale, la religion et les lois reprirent leur ascendant.

Bonne Hedwige, il est écrit sur le livre des destins, qu'on troublera toujours mon repos, vainement j'établis une consigne, le chapître des exceptions ou des cas non prévus me force de rompre mon invisibilité.

XIe LETTRE

Paris ; ce

Afin, mon amie, d'interrompre le moins possible l'exposé que je livre à vos sages réflexions, je le reprends au même point où je l'ai laissé.

La prudence faisait presqu'une nécessité à B..... d'occuper la nation turbulente qu'il commandait, dès-lors, sa passion favorite put être satisfaite, la guerre devint son idole, tous les français suivirent avec enthousiasme, un chef toujours heureux et que la victoire avait adopté ; le bruit des armes retentit pendant quinze ans. La France semble une pépinière de héros, et cette nouvelle passion étouffa toutes les autres, plus d'intrigues, le signe de l'honneur fut le seul objet brigué non dans l'antichambre d'un ministre, mais, sur le champ de bataille au milieu des dangers avec le seul secours de son épée.

Cependant, B...... emporté par un insatiable desir de conquêtes causa lui-même sa chûte, et nous permit de revoir, enfin, parmi nous les princes chéris, dont le nom auguste était resté gravé au fond du cœur de tous les vrais français, le lys majestueux ramené dans sa belle patrie entr'ouvrant son calice embeaumé, offrit à nos yeux les rejettons du grand Henri. Avec quelle énivrante sensation ne contempla-t-on pas surtout l'illustre orpheline, fille de tant de rois; sa présence consola les victimes, étouffa les discordes, et la France entière spontanément rendue à son amour pour la monarchie, se livra avec transport au bonheur de retrouver ce palladium de son antique prospérité.

Un prince philosophe que le Pinde a vu errer sous ses bosquets sacrés, fut assez grand pour abondonner à ses sujets une portion de son autorité, cet acte sublime devait assurer le repos, mais le génie désastreux de quelques hommes d'état sut neutraliser les intentions du Monarque.

Mon cœur voudrait pouvoir se faire une douce illusion, et, repoussant la funeste vérité qui l'a désenchanté, se persuader que la France est heureuse et que tous les ressorts du Gouvernement ont secondé les vues paternelles de notre Roi; mais hélas! des événemens si récens ne peuvent abuser la mémoire.

Je vois une armée, trente ans couverte de lauriers, repoussée avec dédain loin du trône qu'elle brûlait de protéger. Pourquoi d'in justes soupçons? l'honneur, et la loyauté sont les vertus d'un soldat. La vie des camps habitue l'homme à une franchise de caractère qui le rend incapable de trahison, à moins que, révolté par l'injustice, l'orgueil outragé ne l'y porte presque malgré lui.

Mais un tableau plus déchirant encore s'offre à mes yeux; je distingue avec douleur une foule d'illustres victimes, jadis proscrites, pour être demeurées fidèles à leur Roi, abandonnant, patrie, famille, richesses, et renonçant enfin à tout ce qui enchaîne le cœur de l'homme. Fidèle Vendée, tu es couverte de leur sang généreux! Vous, échos plaintifs de Quiberon, vous soupirez avec tristesse des noms immortalisés par l'honneur! et toi, noble Condé! sous tes drapeaux sans tache tu reçus la phalange sacrée de ces cœurs magnanimes.

Leur zèle, trahi par la politique des souverains est demeuré inutile; mais sincères dans leur dévouement, ils ont supporté sans se plaindre ni même se repentir, la misère et ses nombreuses humiliations. Errans dans les cours étrangères, l'amour des Bourbons a soutenu leur âme dans ses nombreuses douleurs; le fils, le frère, le père et l'époux ont, avec un stoïque héroïsme, vu périr tous les objets de leur tendresse, restés parmi une nation que déchirait le vandalisme le plus effrayant.

Rentrés enfin dans la mère-patrie, ils ont, avec fierté, repoussé les dons de celui qui occupait le trône de leur légitime Souverain. Quelles espérances n'ont-ils pas dû concevoir lorsque le nom des Bourbons a retenti de toutes parts. Hélas! le dirai-je, ces hommes, si grands par leurs infortunes, repoussés de la Cour, éloignés des emplois, semblent condamnés à une passive nullité. Des milliers sont réduits à dévorer dans le silence le pain amer de la pauvreté, et l'honorable dénuement qui les distingue, loin de les garantir de la froide et insultante pitié de ceux qui dispensent les faveurs, les rend au contraire le motif de leurs continuelles attaques. Ainsi, le crime heureux sait à force d'audace, se venger d'une supériorité qui l'humilie.

Puis-je taire aussi la marche oblique et tortueuse d'un ministre qui, sorti des derniers rangs de la société, imprima dans l'administration un système de vacillation déshonorant, qui réveilla les haines endormies, exaspéra les esprits, et fit de la France une vaste arène où la discorde agita ses brandons incendiaires.

Trop inhabile pour arrêter le mal dans sa source, et comprimer ces germes de dissention ; le ministère se jetta alternativement dans le parti de gauche ou de droite. Ce balancement politique accrut encore le trouble et le désordre ; l'astucieuse intrigue occupa toutes les places et l'honneur français fut de nouveau réduit à s'éloigner du palais de nos Souverains.

Alors un grand crime ravit à l'amour de la nation un prince généreux sur lequel reposaient toutes ses espérances ; cet acte fut le résultat d'un fanatisme horrible, et que le ministère avait déterminé par son infernal machiavélisme. Des esprits plus sévères ont poussé plus loin leurs soupçons; mais j'abandonne ce pygmée diplomate aux jugemens impartiaux de l'avenir. Non coupable d'intention, il l'est déjà trop encore.

Cependant la scène change, les plaintes parviennent jusqu'à l'auguste Monarque; un nouveau ministère succède à celui qui n'emporte que la haine de tous les partis. Aucun mieux n'en résulte; les porte-feuilles passent d'une main à une autre. Toute la France est politique, ou du moins, veut l'être; on cabale à la Cour, à la Ville, en province : les petits et les grands intérêts sont en évidence. Chaque ministre a ses créatures à contenter; mais ils font place à de nouveaux coryphées du pouvoir, qui cèdent aussi le pas à d'autres compétiteurs.

Le ministère qui a écrasé ses devanciers, ranima l'espérance dans le cœur des hommes vertueux. Hélas! cette erreur si pardonnable devait peu durer. Point de franchise dans sa conduite, point de sagesse dans ses mesures; le mal va toujours croissant, et change simplement de motif. La politique perd de son influence; mais une soif de richesse s'empare de toutes les têtes et la fièvre de l'agiotage empoisonne l'âme générale de la nation. Le ministère, égaré par de fausses idées, donne un accroissement pernicieux à cette fureur financière; il achète les consciences, vend les faveurs. Le mérite ou la probité qui refusait de courber sous le despotisme ministériel, est écarté, souvent même persécuté; l'opinion, forcée de rester muette, lutte avec rage contre le frein monstrueux que lui impose l'homme du moment, et la morale, attristée de tant d'aberrations dangereuses, soupire avec désespoir le sentiment de ses craintes.

XII

XIIe LETTRE.

Paris, ce

LA PARTIE DE CAMPAGNE.

Bonne Hedwige, je serai donc toujours assez déraisonnable pour détester les lieux où le sort me retient captive. Née avec un esprit morose et tant soit peu mutin, je me révolte contre des usages qui me blessent, en m'imposant des obligations de convenance : je trouve les liens de société pesans, je ne sais point regarder avec indulgence les êtres divers qui passent devant mes yeux :

leurs goûts contrastent par trop avec les miens, et, au lieu d'apporter quelque grace à subir la nécessité, mon visage est froid, et le silence du mécontentement est ma dernière ressource. Ainsi, voyageur incommode et sourcilleux, je chemine avec ennui sur cette route immense que l'on nomme la vie.

Que ne puis-je, Hedwige, maîtresse de ma destinée, couler, ainsi que vous, des jours paisibles, loin des plaisirs bruyans que nous offrent les villes. Hélas! ce vœu sera-t-il jamais exaucé. Enchaînée dans un tourbillon dont j'ignore quelles seront les limites, d'inutiles regrets ne servent qu'à doubler mes chagrins. Quelle folie, me direz-vous, de broyer sans cesse du sombre et du lugubre, de lutter contre les événemens, ne savons nous pas : « que la vie est une gaze « légère que le cylindre du temps « fait passer sous les yeux de « l'homme qui tout puissant qu'il « est n'en peut arracher un lam- « beau, ni dire il est à moi. »

C'en est fait, mon amie, je renonce à cette tristesse vague qui consume mon esprit, et mon cœur armée d'une stoïque indifférence, de vaines chimères, ne seront plus les objets d'un culte repoussé par la raison ; me voilà résignée, puissé-je ne pas faire un serment d'amoureux et garder cette devise *advienne que pourra.*

Pour mieux dissiper un reste de mélancolie, je veux vous raconter une petite anecdote qui vous donnera une idée de la singulière passion que la pluspart des parisiens ont de courir loin de chez eux après des distractions qu'ils ne trouvent jamais.

Depuis plus de deux mois quelquespersonnes dema sociétéavaient résolu de faire une partie de campagne, il était dit qu'on partirait de grand matin, afin de respirer plus long temps les douces émanations d'une forêt de lilas, le point d'arrivée était fixé aux prés Saint-

Gervais, on avait parlé jusqu'à satiété des plaisirs que cette journée devait amener, on se dépitait contre l'inconstance des élémens, qui par des pluies continuelles éloignait sans cesse l'exécution de ce charmant projet, les lilas étaient passés, néanmoins on voulait contempler les lieux qu'ils avaient embellis.

Quant à moi, peu convaincue, je l'avoue, du brillant de cette excursion, j'aurais voulu me dispenser d'y jouer un rôle, mais importunée par de vives prières il a fallu grossir le nombre des promeneurs, quatre dames, moi comprise, et six cavaliers, complettaient *l'escadron pédestre* qui avait résolu de s'amuser *quand même*....

La veille on se donne rendez-vous pour le lendemain sept heures. Jamais, peut-être, on n'a eu un plus grand appétit de sommeil que celui qui me tourmentait, lorsqu'une maudite femme de chambre, vint, d'une main cruelle soulever le tissu protecteur qui me dérobait la clarté du jour; triste victime de la complaisance j'abandonnai ma personne aux soins fastidieux de ma dame d'atours, et les yeux encore à demi fermés je me plaçai dans une voiture qui me conduisit chez madame de

Marance rendez-vous générale de notre émigrante société.

Je craignais de recevoir des reproches pour un retard d'une demi heure; qu'elle fut ma surprise, en m'appercevant que j'étais la seule qui se fusse souvenue des conventions de la veille, personne n'était encore arrivé et les maîtres de la maison songeaient tout au plus à quitter leurs mœlleuses couches, c'est alors, mon amie, que je regrettai de m'être si mal à propos piquée d'exactitude, et pour faire divertion à mon humeur, j'activai les apprêts du départ.

Cependant on arrivait avec

lenteur, l'un se plaignait d'une migraine, l'autre d'une douleur de dents, celle-ci de maux de nerfs, celui-là d'un rhumatisme, les figures étaient pâles, les yeux battus, les bouches éprouvaient un besoin de baillements; et c'est dans des dispositions si heureuse que notre essaim folâtre s'est mis en route.

D'après l'esprit de vertige qui avait décidé les mouvemens de la journée, on devait descendre de voiture au haut de Ménil-montant afin de bannir, disait-on, les coutumes somptueuses de la ville, et *réfugiés dans sa simple nature* se livrer au seul plaisir des champs.

Malgré mes remontrances ce projet avait été appuyé par une majorité décisive, ainsi nous mettons pied-à-terre à ***, nous marchons au hazards; trois malheureux domestiques, chargés ainsi que de véritables mulets, trainent, en soupirant, l'indispensable du déjeuner et du diner; pâtés, saucissons, volailles froides, vin et liqueurs forment un massif de commestibles assez imposant; les porte-fardeaux sont harassés, n'importe, le riche ne calcule jamais si ses jouissances sont arrosées par les larmes du pauvre.

Quel chemin suivra-t-on? celui de droite ou celui de gauche;

voilà l'embarrassant? grande contestation, chacun pérore, rien ne se décide quelques uns murmurent, les plus sages attendent en silence le ballotage des opinions, qui peu s'y reconnaitre! tous s'opiniâtrent, personne ne cède; enfin, d'un mouvement presque machinal, la petite *patrouille* se remet en marche et suit le premier sentier qui se présente.

Le soleil est dans toute sa sa force ; il darde ses rayons brûlants ; en outre , la poussière gène au dernier point , bientôt chacun de nous est poudré de manière a n'avoir pas figure humaine ; les hommes s'inquiéttent peu de ce petit désagrément, il n'en est pas ainsi de nous autres femmes qui voudrions que notre parure fut inaltérable, car il est impossible de se montrer en public dans un négligé qui n'a pas couté deux ou trois heures d'étude.

Pensez donc, Hedwige, quel désespoir devait s'emparer de notre âme en voyant une horrible poussière changer la couleur de nos cheveux, et pousser la barbarie jusqu'à gonfler nos nos yeux, nos lèvres et effacer le séduisant incarnat que nous avions eu tant de peine à nous donner.

En vérité, mon amie, pour rester indifférente à un pareil malheur, il eut fallu être munie d'une philosophie bien *robuste*, en effet, comment envisager de sang-froid le *terrible* de notre situation, et souffrir que la coquetterie, même la plus raisonnable, se trouve réduite au silence, convenez-en, Hedwige, on ne saurait faire une telle abnégation de soi-même.

Froissée ainsi par la fatalité, notre petite troupe commençait à s'impatienter, lorsque le bois s'offrit à nos regards, cette vue rappelle un peu la gaité; on se jette sur le gazon, on rajuste, tant bien que mal, des toilettes fort en désordre, cette operation une fois terminée on songe à l'apétit, qui, grâce à la course matinale fait diminuer une bonne moitié du chargement de nos valets.

Le repas s'achève, et l'on avance cette simple question : Que ferons-nous pour nous amuser; car il est impossible de se renfermer dans une contemplative admiration des beautés champêtres. Quelqu'un propose de courir *la poste aux ânes.* Cette idée est reçue avec transport; en peu d'instans on parvint à recruter une quantité suffisante de modestes coursiers, et nous voilà *trotant,* non pas par *monts* et par *vaux*, mais sans ordre et au milieu du bois.

Plusieurs de messires baudets, gens d'un naturel peu galant, font mesurer l'arène à des beautés craintives; ces incidens mortifient les cavalières démontées, tandis qu'ils doublent la joie des autres.

Dans ce bas monde, nulle chose ne peut durer, et les mêmes plaisirs ne sauraient long-temps nous captiver; c'est la loi générale. Aussi avons-nous renoncé à nos brillantes montures, pour commencer une partie de Barres.

Les deux armées sont en présence; on s'épie, on s'évite, on

emploie toutes les ressources que des jambes légères, ou un coup-d'œil sûr peuvent ménager; mais la race humaine est si singulièrement organisée, qu'au milieu des distractions, comme dans les autres instans de la vie, *l'amour-propre joue un très-grand rôle;* la maladresse cherche à se dissimuler son infériorité, et l'humeur qu'elle décèle, fait éclore des discussions qui effarouchent la gaieté; c'est ce qui nous arriva. Dès-lors, la maussaderie se glissa parmi nous, et les Barres furent abandonnées.

Réduits au seul passe-temps de la promenade, on s'y livrait avec indifférence; le plaisir et la folie nous avaient dit adieu pour tout de bon. Persécuté par le désœuvrement et l'ennui, on espéra que le dîner dissiperait un peu le sombre de notre humeur, et sur une jolie pelouse ombragée de feuillages, le couvert champêtre fut dressé.

Il était à présumer que des mets délicats, que le désordre charmant, qui accompagne un dîner en plein air, déglacèrent nos visages; point du tout. Plus on contrarie la disposition morale où l'on se trouve, plus elle agit impérieusement.

Plusieurs bons mots sont lancés sans obtenir de résultat saillant, et les hommes, comme fatigués des vains efforts qu'ils ont fait pour paraître aimables et ressaisir quelques étincelles de cette légèreté piquante qui parait jadis le caractère français, donnent tout-à-coup l'essor à leur manie de politiquer. Chacun émet et soutient avec opiniâtreté ses opinions; l'un porte jusqu'aux nues *certain ministre* de qui il espère un emploi, un autre à qui l'expérience a prouvé combien étaient incertaines la faveur, et la reconnaissance des *milords de la création* voit l'homme en place tel qu'il est, c'est-à-dire, sous un aspect hideux; il démêle ses intrigues, ses abus de pouvoir, sa complète impéritie, et les divulgue hautement; on lui risposte avec aigreur, mais les argumens de l'homme sans ambition ont un poids qui pulvérise les sophismes que l'intérêt personnel adopte pour armes favorites.

De la simple contestation on passe à des personnalités offensantes, et peu s'en faut que des hommes bien élevés, que des amis n'en viennent à un fâcheux éclat pour des êtres qui ne pensent seulement pas à eux, et n'hésiteraient pas à les sacrifier si l'ambition rendait leur perte nécessaire.

Vous pouvez croire, mon amie, que cet épisode fut loin de rétablir l'harmonie ; il se forma divers *à parte* où la satire et la médisance ne restèrent pas en inaction.

Tandis que quelques-uns, plus déterminés à remplir passablement la journée, se donnaient la peine de nous rassembler et de préparer sous l'influence d'un mauvais violon, une espèce de bal; le ciel se couvrit de gros nuages et avant que nous eussions formé un quadrille la pluie tomba en abondance. Jamais, non jamais, une si grande quantité d'eau n'est venue accabler de pauvres mortels! Où s'abriter? les maisons sont éloignées, et le faible taillis ne peut offrir un asile protecteur; cette vérité une fois reconnue, l'épouvante s'empare des dames.

Se désoler est, sans contredit,

une occupation très-naturelle; mais, avec des soupirs et des doléances, on ne s'en mouille pas moins; il faut choisir un parti, celui de patienter jusqu'à ce que les domestiques amènent une ou deux voitures, à supposer qu'ils en trouvent; les courriers sont donc expédiés sur différens points.

Une heure se passe; l'orage, loin de diminuer, semble doubler. Pour compléter le sinistre de notre position, les *aides-de-camp* reviennent sans voitures.

Je rendrais mal, Hedwige, la scène de lamentations qui suivit cette triste nouvelle; il vous est facile de la deviner. Des chapeaux complétement déformés, des vêtemens collés sur la peau des cheveux qui ont l'air non pas d'appartenir à d'élégantes Parisiennes, mais bien à de froides et humides naïades; des souliers d'étoffe qui, en tout temps un peu justes, se refusent à contenir davantage nos malheureux pieds; voilà, mon amie, sous quels auspices s'effectue le départ, car enfin nous ne pouvions pas coucher sous les verts bocages.

On s'éloigne; la terre est si glissante que ce n'est qu'avec une peine infinie que l'on parvient à garder tant soit peu l'équilibre, chaque pas coûte à lui seul plusieurs minutes d'hésitations, mais poursuivis par la fatalité, on n'en va pas moins donner dans des ornières remplies d'eau; la marche s'en ressent, elle est lente et pénible; pour surcroit de mésaventure, nous sommes habillés de manière à faire peur ou pitié.

Cependant, grâce à la persérence de nos modernes *ilotes*, un misérable fiacre nous reçoit dans son vaste coeffre, y est admis qui qui peu, on se serre, on s'entasse et la majeure partie de notre société arrive à sa destination; guérie pour long-temps, je pense, de la folle manie d'aller chercher au milieu des champs des plaisirs qui ne sont pas faits pour les douillets citadins et qui, presque, toujours ne ménagent que de véritables corvées.

XIIIe LETTRE.

Paris, ce

LES AUTEURS, LES IMPRIMEURS ET JOURNALISTES.

Sachez, Hedwige, que le travail le plus important d'un auteur est de s'amalgamer dans une certaine coterie qui lui fait obtenir le privilége d'être lu, ou imprimé; il ne s'agit pas de talent, ce point est une misère sur laqu'elle la pensée s'arrête, à peine; ce principe, une fois établi, on ne s'étonnera plus de la prodigieuse abondance d'écrivains dont la France fourmille; quelques mois de mauvaise études suffirent pour inoculer à des cerveaux malades la manie diabolique de griffonner leurs maussades rêveries.

— Mais, me direz-vous, si des auteurs flasques et délabrés peuvent impunément écraser le public sous le poids de leurs productions boiteuses, la même facilité est sans doute accordée aux bons écrivains. — Halte-là, je vous arrête, vous m'avez mal comprise, ne vous ai-je pas dit qu'il fallait être poussé par une confrérie, et croyez-vous que ce-qui se reconnait quelques talent; je dirai plus, qu'une âme tant soit peu délicate veuille recourir à toutes les dégradantes machinations auxquelles il faut se soumettre pour obtenir un patronage: je vais m'expliquer afin de vous convaincre.

Sachez qu'il y a dans Paris une quantité *de soi-disant beaux esprits* qui ouvrent ou ferment à leur gré les portes de la gloire littéraire; ces Athlètes, ces Gladiateurs du génie s'agitent en tout sens; ils ont des yeux de lynx, des mains de fer et des langues d'aspics. Un auteur étranger à cette misérable clique veut-il présenter à un théâtre le fruit de ses veilles, de suite *l'escadron* est en mouvement; grâce à la tactique qu'il emploie, des années entières disparaissent sous la voille des temps sans que le pauvre auteur obtienne la plus légère attention, il a beau visiter celui-ci, implorer celui-là, *régaler* je ne sais combien d'autres, son manuscrit reste *in statu qùo*..... enfin rassasié de dégoûts il retira sa pièce et libre à lui d'en amuser les salons.

Mais je veux que la persévérance soit une de ses vertus, et que solliciteur impitoyable, malgré les obstacles il parvienne à se faire accepter et représenter ce qui forme doux choses bieu différentes, cette victoire jette l'alarme parmi les frélons dramatiques, grande rumeur ! On crie au scandale, il faut venger l'outrage fait à des plumes seules en possession d'être connues du parterre, il faut punir un audacieux qui follement épris de son talent vient sans permission en offrir les prémices à un public établi pour le juger, vite on dresse de nombreuses batteries on met en activité les mille et un ressorts de la cabale, la toile se lève au brnit des sifflets, cette perfide symphonie sert d'orchestre aux acteurs ; bref, c'est un charivari digne de l'enfer.....

Néanmoins, si désirant fixer vos doutes, vous demandez aux spectateurs ce qu'ils ont trouvé de mauvais, ils vous répondront ingénuement : *la cabale*, car ils n'ont entendu que ses détonations assourdissantes.

Ce qu'il y a de positif, c'est que l'auteur est pétrifié, sa pièce morte et les personnages qui exploitent le théâtre restent glorieux d'un succès qui en intimidant les jeunes inspirés les garantit d'une rivalité dangéreuse pour leur réputation usurpée.

Voilà, mon amie, ce qui attend tous les auteurs, l'unique moyen d'éviter ces chûtes accablantes, est d'obtenir qu'un des suppots de la bande mette son nom de moitié à votre ouvrage, et pousse la complaisance jusqu'à recevoir aussi *la moitié* de la rétribution ; ce nom fameux, vrai talisman, vous assure une complette réussite, si vous pouviez concevoir des craintes portez vos regards sous le lustre et remarquez la foule d'*applaudisseurs* aux gages de la société dont vous faites partie ; fussiez vous plusque mauvais, n'en doutez-pas, des *claques* auront soin de prouver au public, que votre pièce est *excellente*, et que c'est à tort qu'il l'accueille avec froideur.

Jusqu'ici, Hedwige, je n'ai qu'effleuré les abus relatifs au théâtre, mais les pauvres auteurs ont bien d'autres monstres à combattre; la route qu'ils parcourent est hérissée d'obstacles; avant *d'arriver* à une célébrité toujours douteuse, il leur faut supporter l'insolent despotisme d'une classe d'hommes qui spécule sur l'esprit d'autrui.

Un écrivain consacre-t-il ses loisirs à la littérature la plus légère, j'entends, par là, contes nouvelles, voyages ou romans; s'il veut offrir au public ces bleuetes passagères, grand Dieu! quel cahot à débrouiller! l'armée formidable des imprimeurs et des libraires, va le mettre aux abois.

Ici on lui répond, avez-vous été

imprimé ? — Non. — Dans ce cas, il est inutile que je regarde votre manuscrit ? — Peut-être en le lisant, le jugerez-vous présentable. — Le lire impossible ! quand votre style serait aussi profond, aussi harmonieux que celui de M. de Chateaubriant, j'hésiterais encore ; si vous aviez publié quelque chose, même un mauvais ouvrage, je ne ferais nulle difficulté, mais vous n'êtes pas connu et je ne puis rien... ; serviteur.

L'auteur désapointé se retire en silence, rêvant à l'inconcevable de cette réponse ; quoi, se dit-il, il faut avoir fait preuve de sottise, d'ignorance pour arriver à l'impression c'est assez singulier, d'honneur je ne comprends rien à cette manière d'envisager les choses; sans doute, que les libraires ont beaucoup plus d'esprit que ceux qui écrivent, ou bien qu'il faut être illuminé pour expliquer leur étonnante gouverne.

Pendant se petit monologe il s'achemine chez un autre éditeur. — En vérité, lui dit celui-ci, je suis accablé de pareilles demandes, si je me chargeais de votre ouvrage, il me serait impossible de m'en occuper avant six mois; d'ailleurs, à parler franchement, je ne m'en souçie pas. L'écrivain insiste; on lui promet enfin de prendre connaissance du manuscrit, et le terme de huit jours est fixé pour la réponse.

Vous vous doutez, Hedwige, que l'auteur est exact au rendez-vous. En entrant on lui dit : « C'est bien, mais il faut toute » l'envie que j'ai de vous obliger, pour entreprendre cette » édition ; vous n'ignorez pas assurément que lorsque nous » imprimons une première fois » un auteur, l'usage est de ne » lui rien payer, car le bénéfice » de la vente est absorbé par » les frais nécessités pour le ré- » pendre et lui ménager le suf- » frage des journaux ce qui établit » sa réputation. »

Peu satisfait de cette réponse, il s'éloigne tristement, et va de nouveau colporter son manuscrit; mais il marche de désagrémens en désagrémens ; l'un lui propose des exemplaires, l'autre presque rien; entièrement découragé, il consulte quelques amis, on délibère, et d'une voix unanime l'on décide qu'il n'est pas d'autre moyen pour se soustraire à la cupidité monstrueuse des libraires, que de se faire imprimer à ses frais.

Cette idée parait excellente, tandis que l'on récapitule les avantages qui peuvent en résulter quelqu'un survient, on lui fait part de la résolution prise; le dernier venu est loin d'approuver ce projet, et pour en montrer le défectueux, il s'exprime en ces termes :

— « Qu'allez-vous faire? avez » vous bien réfléchi à une pa- » reille entreprise...... sachez » qu'il vous sera impossible de » placer votre édition, aucun li- » braire ne voudra l'acheter, ils » ont un trop grand intérêt à » dégoûter les écrivains d'un » genre d'opérations qui, s'il était » suivi, leur enleverait bientôt » la majeure partie de leur béné- » fices, supposons même, qu'à » force de peines vous parveniez » à placer chez ces messieurs » quelques centaines d'exem-

» plaires, il faudra de toute né-
» cessité leur accorder six mois
» un an de crédit; peut-être
» même ne vous payeront-ils que
» lorsqu'ils auront tout vendu,
» et vous pouvez croire que plus
» pressés de débiter les livres
» qu'ils ont imprimé, ils ap-
» porteront plus que de la né-
» gligence à se débarrasser des
» vôtres. »

Ce n'est pas tout; avez-vous quelqu'affinité avec les journalistes? — Non. — Eh! bien dites adieu à vos espérances, et courbez la tête sous le joug d'un imprimeur qui vous ménagera la coterie des journaux, car ces deux espèces ne font qu'un, et sauve qui peut de leurs maudites griffes ; trop heureux encore celui qui achète par la privation de tous ses droits *l'honneur* d'être connu.

Écoutez mes avis et surtout gravez dans votre pensée que le seul mot de journaliste doit glacer d'épouvante, je ne connais rien de pis, plusieurs méritent une exception honorable, mais combien d'autres avilissent leur caractère, ce n'est pas assez de vendre leur plume et leur conscience à tel ou tel parti démagogique, de déchirer sans nulle pudeur les institutions les plus respectables, leurs affreux aboyemens poursuivent encore avec une impitoyable rage l'homme à talent qui a dédaigné de faire cause commune avec eux ; ses écrits sont retournés, et ses phrases mutilées viennent sur une colonne de journal présenter un double sens qui le couvre de ridicule ».

Ainsi parle l'ami ; l'auteur convaincu malgré lui du facheux, de l'embarassant de sa position, renonce à un projet dont on lui démontre le triste résultât.

Maintenant, Hedwige, que vous savez les diverses manœuvres employées pour se faire une réputation littéraire, dites-moi, si vous connaissez un plus misérable métier que celui d'auteur, et si l'on ne mérite pas cent fois les *petites maisons* lorsqu'on a la cervelle assez en délire pour se mêler de publier en dépit des imprimeurs, des libraires et des journalistes; véritables fléaux du génie.

XIVe LETTRE.

Paris, ce

MAGASIN DE MODES.

Lors de mon arrivée à Paris, j'ai oublié, mon amie, de vous rendre compte d'une de mes journées les plus *solennelles*. Cette faute est impardonnable, car la gravité du sujet méritait de captiver assez mon attention pour qu'un oubli *barbare* ne l'ensevelît pas dans la *nuit des temps*

Comme femme, j'ai de la vanité; c'est avouer que le soin de ma parure devait assez occuper mon esprit pour chercher les moyens de me rendre présentable; mais j'entrevoyais bien des difficultés. Plusieurs années d'absence me laissaient ignorer les articles importans dont je devais me munir, quel était aussi le magasin en réputation; car, à Paris, il y a pour la mode des autorités aussi redoutables que celles ministérielles, des arrêtés où le bon sens est aussi étranger que dans ceux échappés d'une main; qui bouleverse nos destinées, et le pouvoir de la vogue est impérieux, comme tous les autres; il a ses adorateurs, ses courtisans qui, souples, impassibles, rampent servilement à ses pieds.

Par exemple, en vertu des ordonnances du jour, il est décidé que, pour être jolie, il faut qu'Herbaud pare votre tête de ses admirables riens, et une taille n'est vraiment gracieuse que lorsque l'étoffe qui la ceint a sous les doigts de madame Jerland reçu une forme déclarée miraculeuse.

Redoutant ma complète impéritie en fait de chiffonnages, et craignant avec raison d'attirer sur moi le poids insupportable du ridicule, je priai madame de Lostan de vouloir bien devenir ma providence; elle est jeune et jolie, et les Grâces, de qui on la croirait la sœur, président toujours à sa toilette.

Rassurée par le choix que j'avais fait, je confiai à mon aimable mentor l'entière métamorphose de ma personne, et, sous sa protection magique, je visitai une forteresse de colifichets, un arsenal de la coquetterie, pour tout dire enfin, un magasin de modes, lieu consacré à l'élégance, où les Grâces viennent encore l'embellir, et, telles que ces légers groupes de fleurs qui, distribués avec art, présentent à l'œil une variété d'harmonie qui le séduit, de même la beauté, dans ce temple du goût, emprunte de nouveaux charmes aux brillans atours que rêva pour lui plaire l'active industrie.

Plusieurs équipages étaient à la

porte; la réunion était considérable, et vingt jeunes filles pouvaient à peine suffire aux ordres s'entrecroisant qui leur étaient donnés.

Un visage inconnu serait demeuré long-temps avant d'obtenir quelqu'attention; mais madame de Lostan, puissance révérée, de qui les décisions capricieuses font loi, ne pouvait, ne devait pas rester inaperçue.

A l'instant les desservantes de la folie s'empressent d'étaler à ses yeux les charmantes bagatelles que leurs mains habiles ont formées; il s'élève un faisceau de toques, bonnets, turbans, ou chapeaux. Complaisante poupée, je vois ma pauvre tête servir momentanément de repos à une multitude de coiffures diverses, mon embarras est extrême; tout me paraissait si frais, si joli, que je ne sais à quel objet donner la préférence; mais je reviens à moi: le goût épuré de mon amie me prouve qu'une exclusive admiration est presque de l'ignorance et me donne quelque chose de *gauche*, *de provincial*; j'en rougis de honte; et ne sachant sur quelle base établir mes louanges, ou ma critique, je me renferme dans une entière neutralité, tandis que ma compagne disserte avec cet *aplomb* que donne une connaissance approfondie de la science que l'on cultive

Cependant on apporte un chapeau, selon moi charmant; madame de Lostan jette un coup-d'œil dessus, et dit :

— Il me plaîrait s'il était moins évasé.

— En voici un autre. Qu'en pense Madame?

— Il a le défaut contraire.

— Peut-être Madame sera-t-elle satisfaite de celui-ci; sa forme est des plus nouvelles.

— Affreux; ne me montrez pas de pareilles horreurs.

— Et cette toque?

— Pas mal ; mais c'est trop sévère.

— Ce bonnet?

— Les fleurs sont resserrées ; la Blonde ne joue pas assez.

Néanmoins on ne se lasse pas ; d'autres articles sont offerts à l'examen. On est comme jaloux de mériter l'approbation de ma compagne ; mais éveiller son indulgence est chose passablement difficile. Après avoir examiné, elle s'écrie avec humeur :

— Pitoyable. En vérité, vous vous négligez ; il n'y a point de variété. Que choisir? tout est d'un sombre , ou d'un fade à périr.

Ce discours me rendit immobile de surprise ; car mes yeux ne s'étaient jamais arrêtés sur une si prodigieuse quantité d'*élégantes misères*. Je supposais que ces reproches allaient révolter les petites modistes ; mais point : ils glissèrent sans effet, et redoublant de zèle, les douces filles présentèrent à madame de Lostan de nouveaux objets qui furent, comme leurs prédécesseurs, critiqués avec aussi peu de raison.

. . . .

Pour me soustraire à l'ennui de ces débats, j'examinai ce qui se passait autour de moi, et je vous certifie, Hedwige, que peu de minutes suffirent pour me persuader que ma charmante conductrice possédait le suprême bon ton; car ses airs mécontens, son jargon inintelligible me parurent les accessoires d'une règle générale. Chaque belle imitait ce *superbe* exemple; aucune n'avait l'air satisfait.

Ici, une jeune femme, au regard doux et languissant, examinait avec nonchalance les modes qui passaient sous ses yeux, ce qu'elle avait dédaigné un instant avant, était repris, placé sur sa blonde chevelure, puis rejetté de nouveau. Deux *agréables oisifs*, *utilités de boudoir* s'extasiaient sur le *délicieux*, *l'adorable* de quelques-uns des colifichets dont elle passait la revue. Fades et ridicules appréciateurs, ils analisaient avec minutie la forme, la couleur ou les autres détails.

Je souriais de pitié en écoutant le babil de ces créatures à visage masculin, et je murmurais contre dame nature qui, par une méprise impardonnable, a placé dans ces deux cerveaux toute la faiblesse d'esprit que l'on reproche aux femmes; car voir une enveloppe, qui promet tant soit peu de raison et l'idée du sérieux, recouvrir une âme pétrie de mollesse et de frivolité : voilà sans contredit une de ses bigarrures les plus inconcevables !

Plus loin, une petite dame bien vive, bien sémillante, de qui le joli minois annonçait le caprice et la folie, prenait et quittait tour-à-tour cent chapeaux différens; elle voulait, ne voulait pas, riait, s'impatientait, consultait quatre ou cinq de ses amies, puis, sans attendre leur réponse, faisait un autre choix; j'étais curieuse de savoir lequel serait définitif; mais une dernière boutade termina ses irrésolutions, et elle sortit sans rien acheter.

Mon attention se fixa bientôt sur une vieille dame de qui le visage jaspé de rouge blanc et bleu décélait néanmoins des attraits dont le temps avait fait justice. Le manège ingénieux qu'elle employait pour voiler les années, me divertissait beaucoup. Devant une glace, hélas trop véridique, elle assujétissait chacun de ses traits afin de les mettre en rapport avec l'élégante coiffure qui ornait sa tête.

Que d'art mis en évidence! que de savantes évolutions! comme la bouche en se pinçant savait bien laisser douteux le nombre des dents qui avaient fait retraite, et les yeux pour le moins aussi habiles, parvenaient presque à effacer les plis cruels dont ils étaient entourés.

Il me serait difficile, mon amie, de vous dire les réflexions qui se présentèrent à mon esprit pendant que je suivais le travail de cette femme assez folle pour se rattacher de toutes les puissances de son âme, à l'expectative de quelques pâles triomphes de coquetterie, oubliant que chaque âge nous amène des jouissances particulières, et que l'intérêt de notre amour-propre nous fait presque une loi d'abandonner de bonne grâce les plaisirs qui nous quittent, et de puiser dans les charmes de l'esprit, le moyen de captiver encore ceux que le déclin de notre beauté éloigne à grands pas.

Quel intérêt, d'ailleurs, quelle sorte d'estime peut inspirer un vieux visage surchargé des attributs de la jeunesse? De pareils accessoirs prouvent d'une manière plus sensible sa triste désuétude, et l'on croit voir un château gothique fracassé par la pesanteur des siècles, dont les tours et le frontispice à moitié parés d'architecture moderne, ne présentent aux regards du voyageur pensif qu'un ensemble grotesque qui refroidit ses souvenirs et ne lui permet plus de se livrer à cette vénération mélancolique qui toujours accompagne la contemplation d'un ancien édifice.

Après avoir jetté les yeux sur les divers groupes qui m'entouraient, il m'eut été impossible de décider qui je trouvais plus riidicules, ou les jeunes femmes se révoltant d'être trop jolies, ou les vieilles mourant de dépit de ne plus l'être. Persuadée néanmoins que la folie avait choisi pour demeure les lieux où je me trouvais, et qu'agittant ses grelots, l'esprit de vertige s'emparait de toutes les têtes; je ne m'étonnai plus que des heures entières se passassent dans une occupation aussi futile; mais je me promis bien à l'avenir de ne pas grossir le nombre des *élégantes capricieuses*.

Ramenée près de madame de Lostan, je la trouvai entourée de plusieurs personnes de sa connaissance, et ce fut au milieu de ce redoutable cercle, observateur scrupuleux des décrêts de la mode, que je dûs prêter de nouveau mon visage et ma tête. Une discussion s'établit; le choix étant fait, je respirai plus libremet, et j'allais me retirer, lorsque mes belles compagnes m'adressèrent une longue suite de recommandations; l'une me désigna les étoffes qui devaient être employées pour mes ajustemens, une autre la couturière, celle-ci le coiffeur, celle-là les pâtes-essences, eaux, etc.; une liste renfermant les précieux noms et les adresses, me fut remise; je remerciai ces charmantes désœuvrées, et la bourse à moitié vide, grace à ce ce qu'on avait jugé indispensable que j'achetasse, je remontai en voiture, où plusieurs cartons nous permirent à peine de nous asseoir, et, obligation me fut imposée par madame de Lostan, de courir chez d'autres marchands absorber en folles emplettes six mois de mon revenu.

Riez, Hedwige, de ma folle complaisance, je mérite d'autant plus vos reproches, qu'aucune illusion ne me dominait, et qu'un sot orgueil me faisait seul imiter des travers que je fronde.

Voilà bien l'imperfectibilité humaine! toujours un petit coin du cœur reste accessible aux atteintes des passions.

FIN DU PREMIER VOLUME.

SOMMAIRES DES CHAPITRES.

TOME PREMIER.

TOME SECOND.

www.ingramcontent.com/pod-product-compliance
Lightning Source LLC
LaVergne TN
LVHW010602110826
845149LV00003B/733

* 9 7 8 2 0 1 9 5 9 1 9 4 6 *